LE SECRET

Morgane Ortin

LE SECRET

Le bruit du silence

ALBIN MICHEL

Les prénoms des personnes citées dans ce texte ont été changés pour préserver l'anonymat de celles et ceux qui ont osé se confier.

22 rue Huyghens, 75014 Paris
www.albin-michel.fr

« Pour entrer dans le secret des choses,
il faut d'abord se donner à elles. »

Simone de Beauvoir

INTRODUCTION

En avril 2020, après avoir passé quelques jours chez ma mère à Marseille, je rentre à Paris en train. Les trois heures de trajet sont longues, je n'ai plus de batterie sur mon ordinateur, et je m'ennuie. Alors de manière spontanée, je fais une story sur Instagram qui contient une proposition particulière : « Confiez-moi un secret ». Un peu bêtement, je rajoute « du croustillant » car je m'attends à quelques ragots bien sentis. Je change de musique, je pose mon téléphone, et je regarde le paysage défiler. Dix minutes plus tard, j'ouvre Instagram à nouveau, et je suis stupéfaite par le nombre de réponses que j'ai reçues. Une avalanche ! Puis je réalise que la proposition a été prise au premier degré : des centaines de secrets d'inconnus affluent, qui ne sont en rien des potins, mais de véritables confessions. Je suis surprise de la confiance qui m'est accordée, mais je ressens automatiquement du stress. C'est une responsabilité que je ne m'attendais pas à devoir endosser. Qu'est-ce qui a poussé ces gens à me partager la chose la plus intime de leur existence, sans même me connaître, avec le risque qu'elle soit révélée publiquement ? Une urgence de dire, de déposer, de faire exister, d'enterrer ?

Je suis le genre de personne à qui l'on se confie facilement. J'ai horreur de cette fâcheuse habitude que l'on a prise de se demander si l'on va bien sans écouter réellement la réponse. Moi, ce que je veux savoir quand je demande « ça va ? », c'est comment vont nos cœurs, nos engagements, nos déceptions, nos colères. J'aime poser des questions profondes de manière inopportune, quand ce n'est ni l'endroit ni le moment, et créer des intimités risquées avec celles et ceux qui croisent mon chemin. Déstabiliser ne me dérange pas, au contraire, c'est souvent à ce moment précis qu'émergent des discussions intéressantes.

Me voilà donc avec ces secrets qui me brûlent les mains. Je les observe un peu béate sans savoir quoi en faire. Je les tourne, les retourne, essaie de les décrypter. Après ces quelques jours en famille faits de discussions superficielles, j'ai soudain le vertige de toute cette profondeur de la parole. Parler ne fait pas partie des traditions de ma famille, et comme tout, cela s'apprend. Moi je l'ai expérimenté plutôt avec des inconnus, des amours et des amis, qu'avec mes parents.

De cette habitude du silence j'ai puisé des ressources et même certains plaisirs. J'ai toujours été admirative de la beauté des mots, et plus particulièrement de ceux qui sont tus, ou dits dans un souffle, parce qu'ils dessinent un terrain vague et libre où tout reste à faire. Ils attendent, tapis dans l'ombre, l'impulsion qui leur permettra d'exister au monde. Et j'ai toujours pensé qu'ils le devaient.

Enfant, dans la voiture, assise sur la banquette arrière, je tends toujours l'oreille pour tenter d'écouter les discussions de mes parents. La ceinture frotte mes clavicules, le vent s'engouffre dans mes oreilles, couplé aux voix monocordes qui s'élèvent de la radio. Entendre est impossible. De toute manière, les enfants ne doivent pas écouter les conversations des adultes. Chez ma grand-mère, c'est pareil. Dès que je passe le pas de la porte de la cuisine, souvent, les voix étouffées que j'entendais au loin cessent tout à coup. Quand, dans la voiture, en partant, je demande à ma mère quel était l'objet de leur conversation, elle me répond que ce sont des discussions d'adultes et qu'elles ne me concernent pas. Me voilà aujourd'hui enfin adulte. Et pourtant, je ne sais toujours pas.

Faire accoucher la parole devient alors mon métier. Grâce à Amours solitaires, je deviens « sage-femme » de récits amoureux, et chaque fois qu'un de ceux-là voient le jour, c'est une creusée plus profonde dans l'intimité des autres. Pourtant, ma parole à moi continue d'être difficile à trouver.

Ma première surprise passée, je me plonge dans ces confidences, le cœur excité, les doigts frénétiques. Je lis un secret, puis deux, puis je les dévore tous. Touchée par l'honnêteté et la fragilité qui s'en dégagent, je pressens que tout a été lâché sans aucune pudeur ni vernis. Il est bien sûr difficile de savoir si tout ce qui m'a été partagé est vrai, mais j'ai envie de le croire.

Ce qui m'interpelle le plus, c'est la différence de niveaux dans l'acception même du secret que chacun se fait. Quand certains répondent « J'ai fumé mon premier joint et les flics m'ont coursé », d'autres s'inquiètent de leur *coming out* trans à leurs grands-parents ou du cancer caché de leur mère. Pour certaines, c'est une grossesse heureuse, pour d'autres la première fois qu'elles se confient sur leur viol. L'émotion la plus forte que m'a procurée dans un premier temps cette enquête vient de là : de la diversité des points de vue, des existences, qui fait dévier les définitions, et qui offre une grande leçon d'empathie et d'humilité.

Le tout donne une matière que je n'avais pas soupçonnée : intense, déstabilisante, poétique et terrible. Tous ces secrets dessinent une fresque sociale, un état des lieux de l'époque entraperçu par la porte de l'inavouable.

Plus je me plonge dans les secrets, plus j'ai envie d'en découvrir de nouveaux. Je commence alors à m'interroger à propos de ma démarche : est-ce du voyeurisme ? D'où vient cette envie de m'intéresser à l'intimité de ces personnes ? La réponse à cette question, je ne l'aurai pas tout de suite, mais elle sonne d'ores et déjà comme un avertissement. Au fur et à mesure de l'introspection, je réalise qu'il s'agit plutôt d'une volonté de compréhension générale de l'autre et d'empathie, qui me réconcilie dans le même temps avec moi-même.

Ce que je retrouve dans tous ces récits, aussi divers soient-ils, c'est quelque chose qui parle du monde entier, de l'univers complet qui se courbe et se retourne pour laisser enfin apparaître son flanc. Il existe dans les secrets quelque chose qui déverrouille les peines, réveille les feux intérieurs, bouscule les solitudes, questionne les convictions profondes, les privilèges et les abdications. C'est ce quelque chose, la nuit, qui vient s'asseoir à côté de moi pour me dire que je ne suis pas la seule à avoir peur de m'endormir la dernière. Par une sorte d'effet miroir, je m'y sens en sécurité. J'y vois tout ce que personne ne connaît de moi, et c'est rassurant de savoir que ça existe ailleurs. J'y lis des peines, des petites victoires, des années de silence, des voix en devenir, des trajectoires brisées.

Rapidement j'ai envie de converser avec celles et ceux qui se sont confiés, comprendre les mécanismes de leurs secrets pour en dresser un état des lieux. Je sélectionne alors plusieurs secrets et je propose un entretien à leurs détenteurs. Le premier se passe dans un hôtel à Paris et dure plus de trois heures. Encore novice, j'oublie de déclencher mon dictaphone. Les suivants se passeront par téléphone, le Covid ayant fait irruption dans nos vies entre-temps. Parfois un seul entretien suffit. Parfois, les échanges s'étalent dans le temps. La parole ne se déverrouille pas à la même vitesse chez tout le monde. Durant plus d'un an et demi, je m'entretiens avec des centaines de personnes, j'écoute leurs histoires, la façon qu'elles ont eue ou non de les révéler, de les faire exploser.

Et plus j'assiste à la naissance de leur parole, plus je me confronte au gouffre de mes silences et de ceux de ma famille. Je deviens alors avide de leur courage, du déliement de leur langue, de leur plongée introspective, et je cultive l'espoir secret d'y parvenir moi aussi et d'entraîner avec moi la lignée qui m'a précédée.

Ce livre parle du secret. Ou devrais-je dire de la fin du secret. Car une fois dit, celui-ci est censé mourir. Ce livre met en mouvement des voix qui jusque-là s'étaient toujours tues. Il est la parole que j'ai reçue, la manière dont je l'ai reçue, et comment je me la suis appropriée pour arriver à parler peut-être pour la première fois des secrets qui ont jalonné ma vie.

LES SECRETS À ÉTAGES

« Chaque atome de silence
Est la chance d'un fruit mûr ! »

Paul Valéry

Je mets du temps à mener mon premier entretien. J'ai besoin de faire le tri parmi toutes ces réflexions, et de me préparer au mieux pour éviter toute maladresse. Ce que je veux comprendre en premier lieu, c'est pourquoi l'histoire de ces personnes a-t-elle fait de la situation qu'elles me décrivent, un secret ? Ce que je perçois très vite, c'est que le simple récit ne suffit pas. Il faut se pencher sur la mécanique interne du secret si on veut le cerner avec précision.

Avec les premiers entretiens, je m'aperçois que souvent, le secret que l'on me raconte n'est qu'une conséquence de quelque chose de beaucoup plus profond et indicible. Je dois alors contourner les premières confidences pour trouver la matière sombre qui m'intéresse : l'essence même du secret, celle que l'on voudrait ne jamais voir exister. Si celui-ci est une réaction en chaîne explosive, pourquoi ne m'en partage-t-on qu'une part infime ? De cette interrogation naît ma première mission : repérer les mines enfouies plutôt que d'en observer çà et là les éclats.

« *Je suis libertine* »

Je prends conscience de cela avec Jade. Elle est une des premières personnes à avoir déposé son secret. Cela fait quelques mois maintenant que nous échangeons des messages. Sa voix est douce. Elle semble également heureuse d'entendre la mienne. On rit avec pudeur, on apprend à se connaître. En l'appelant, j'ai envie de parler d'amour et de sexualité avec une femme qui a choisi une trajectoire différente de la mienne. La réalité s'avère beaucoup plus complexe que cela.

Tout commence il y a neuf ans environ, quand elle rencontre Liam. Naît alors une amitié sincère et chaste. Il est en couple, elle aussi, mais après plusieurs mois d'hésitations, ils cèdent et s'embrassent. « C'était déstabilisant, mais doux », me précise-t-elle, avec une certaine émotion dans la voix. Lorsqu'ils finissent par faire l'amour, c'est comme une deuxième première fois pour Jade. « Pourquoi était-ce si parfait ? Probablement parce que nous nous connaissons suffisamment pour pouvoir tout dire, tout entendre. »

Entre eux, l'attraction physique et émotionnelle est très forte. Elle tombe amoureuse « trop vite, trop tôt » : Liam s'est remis en couple avec son ex. Jade doit alors prendre son mal en patience. En parallèle, il l'encourage à faire de nouvelles rencontres qui deviennent des *sex friends*. « Et le monde ne s'est pas écroulé pour autant. » Liam la désire toujours et finit par rompre avec sa partenaire. Ils passent un bel hiver, sous diverses couettes, dans des bras doux, mais avec quelques larmes aussi. Liam a besoin de liberté et Jade y prend également de plus en plus goût. « Le printemps se déroule ainsi, mi-batifolants mi-amants ; je ne peux pas dissocier ces deux pans de notre histoire. » dit-elle avant de marquer une légère pause. Lui explore sa bisexualité, et la question du sexe à plusieurs finit par se poser. Ils le concrétisent en réalisant leur premier plan à trois, et c'est une première révolution entre eux.

À la fin du printemps, ils se déclarent officiellement en couple. Ils commencent alors à se renseigner sur les clubs libertins sans oser se lancer. Quand je lui demande comment ils se définissent, elle me répond : « en relation libre. Je n'ai qu'une limite : le polyamour. » Jade explore à son tour sa bisexualité. Ils finissent par trouver un site web plus sérieux que les autres et se rendent à leur première soirée libertine et c'est la révélation. « Je ne me suis jamais sentie autant comprise et respectée de ma vie. » ajoute-t-elle pleine de sérénité.

Le couple s'aventure aussi dans le BDSM, et fin avril, ils participent à une soirée qui agit comme un déclic pour Jade. « Depuis, je ne me suis plus arrêtée et je peux donc dire, après plusieurs années de questionnement et de recherche, que je suis libertine, amatrice de BDSM, et surtout amoureuse inconditionnelle de mon Liam sans que cela soit incompatible. La plus belle forme d'amour est d'évoluer ensemble tout en respectant la liberté de chacun. »

Lorsque je demande à Jade à qui elle cache ce secret et pourquoi, elle m'explique que ça a d'abord été un secret pour elle-même. Aujourd'hui, elle le dissimule à certains membres de son entourage, notamment sa famille, de peur d'être jugée. « Au quotidien, j'ai l'image de la copine sympa, de la gentille infirmière un peu artiste sur les bords. J'ai l'impression qu'il n'y a aucun espace pour leur en parler, c'est surtout ça le problème. »

Le secret de Jade ne semble pas lui peser outre mesure : elle ne craint pas que ses proches le découvrent, sans pour autant avoir envie de le leur révéler. Mais je sens qu'il y a dans son histoire quelque chose de plus profond et de plus complexe. Je lui demande alors s'il y a eu une période où elle était dans le déni vis-à-vis d'elle-même. Elle prend de longues secondes de réflexion avant de murmurer dans un souffle « Hum… Oui complètement. » Un rire nerveux lui échappe. Les réponses semblent tout à coup plus difficiles à formuler. « Pendant toute mon adolescence, j'étais très renfermée… Pour être claire, j'étais homophobe. J'ai dû déconstruire cette pensée pour réussir à m'accepter. » L'origine de son secret semble être là : un autre secret, survenu plus tôt dans son existence, et c'est peut-être celui-ci qui m'intéresse le plus.

« Je me suis rendu compte que je ne m'étais jamais posé la question de ma propre sexualité. En discutant avec Liam, j'ai analysé mon homophobie et trouvé ses racines en partie dans mon éducation. Un nouvel horizon des possibles s'est ouvert à moi, et je me suis enfin autorisée à l'explorer. C'est de cette manière que j'ai découvert ce qui allait devenir mon secret. »

Voilà ce que je recherche dans mes entretiens : une intimité. Parfois je ne l'atteins pas. D'autres fois la personne se ferme au moment où nous l'effleurons. Aujourd'hui, nous y sommes. Je lui demande si l'on peut parler un peu plus de son homophobie, si elle peut remonter avec moi aux origines de ce rejet. Un long moment de silence s'installe, suivi d'un rire gêné.

« Alors oui… mais ça, c'est un secret que je peux te livrer à toi, mais je ne sais pas si ce sera possible de l'utiliser[1]. Ça vient de la religion. J'ai été élevée dans un mode de vie chrétien rigoriste qui rejetait l'homosexualité. »

Cette troisième couche dans la confidence est le pilier des autres, celle qui a déclenché toute une réaction en chaîne. Jade est la première personne dans mon enquête à détenir ce que je qualifierais de « secret à étages ». Ce n'est pas celui auquel je m'attendais, et peut-être pas non plus celui qu'elle comptait me raconter. L'histoire originelle n'était qu'un sas d'entrée. Le secret évolue sur le fil ténu qui sépare ce qui est montré de ce qui est caché. À la manière d'un équilibriste, il tangue tantôt d'un côté, tantôt de l'autre. Chaque fois que l'on traverse une frontière, d'autres s'érigent qu'il faut à nouveau enjamber. On ne pénètre pas si facilement dans l'intimité de quelqu'un. Il y a des étapes, des salles d'attente, qui se déverrouillent avec le temps, la confiance et la volonté d'introspection de chacun.

---

1. J'ai finalement eu l'accord de Jade pour en parler.

Après avoir discuté avec Jade, je me suis demandé comment s'était créée cette réaction en chaîne et pourquoi il avait été si difficile de remonter à la source. Son secret est-il vraiment le libertinage ? Oui et non, celui-ci intervient plus tôt, et touche au travestissement de ses valeurs profondes, vous savez, celles-là mêmes que l'on ne choisit pas parce qu'elles nous ont été inculquées tout au long de notre enfance. On naît dans un certain environnement, on ingurgite des principes, des pensées que l'on recrache malgré nous, jusqu'au jour où, à l'adolescence par exemple, on commence à se forger nos propres idées qui peuvent entrer en contradiction avec celles de nos parents. Pour ma part, j'estime avoir eu la chance de grandir dans une famille de gauche, avec qui je n'ai jamais connu de fracture idéologique, si ce n'est parfois plus de radicalité, notamment sur les questions liées au féminisme et aux violences policières.

En tout cas, ce premier entretien me bouleverse et il a le mérite de dessiner une méthodologie. Désormais, je devrai chaque fois remonter aux origines pour ne pas passer à côté du secret source duquel découle tous les autres. Telle une archéologue, j'époussèterai les couches de l'intime avec patience et douceur pour révéler l'indicible. C'est étrange de recevoir la parole des autres et qu'elle éveille en nous la sensation qu'il se joue quelque chose de personnel. En écoutant Jade, je ne peux m'empêcher de me chercher dans ses secrets. Je ne me reconnais pas dans son vécu, mais dans ses silences. Je suis admirative de l'introspection dont elle a fait preuve. J'aimerais avoir le courage de faire de même.

Cette enquête, j'ai d'abord pensé que je la faisais par hasard. Je me suis demandé ensuite comment lier tous ces témoignages qui éveillaient en moi une passion dévorante. Ce que je n'avais pas prévu, c'est l'écho qu'ils susciteraient en moi. Pourquoi les silences de ces personnes me sont-ils si familiers ? Peut-être parce que je me suis moi aussi longtemps tue et que l'on s'est toujours tu sur mon passage. Mais sitôt cette brèche de pensée ouverte en moi, je la referme, effrayée par l'ampleur du chemin à parcourir. Pourquoi est-il plus simple de creuser l'intimité des autres plutôt que la sienne ?

« On t'attend pour aller à la plage »

Je pense au secret de Jade pendant plusieurs jours. Si je partage les mêmes valeurs que ma famille, je me demande si certains des repères sur lesquels je me suis construite ont pu être ébranlés au point de bouleverser mes certitudes. Il me semble que oui. J'ai grandi sans figure paternelle, ce qui a très tôt créé un lien fusionnel avec ma mère. Lorsque j'étais enfant, nous habitions un petit studio à Martigues prêté par l'une de ses amies. Il n'y avait pas de chambre, seulement un lit encastrable qu'on descendait du mur le soir venu et dont le grincement était devenu habituel. Nous dormions ensemble, et il était inenvisageable pour moi de passer la nuit ailleurs. Je voulais que l'on reste toutes les deux, pour toujours.

Je me souviens des premières colonies de vacances auxquelles je me rendais en traînant des pieds, et à quel point j'avais envie de rentrer juste pour être en sécurité auprès d'elle. Nous sommes en plein mois de juillet, je suis en Ardèche depuis une semaine. J'ai du mal à m'intégrer, tout me demande un effort insurmontable. Chaque matin a lieu la distribution du courrier, un rituel que je ne raterais pour rien au monde. Ma mère m'adressait toujours une lettre ou un colis avant le départ afin que je ne me sente pas seule à l'arrivée. J'ai eu la chance de grandir avec ce genre de maman. Un jour, je parcours une de ses cartes postales et à la moitié de ma lecture, je fonds en larmes en tombant sur cette phrase « On t'attend pour aller à la plage. » Chaque soir qui suit, j'y repense et je me sens alors proche d'elle malgré la distance. C'est à la fois agréable et douloureux. Un peu comme lorsqu'on place son doigt très près d'une flamme et qu'on l'y laisse quelques secondes de trop. Avec le recul, je ne comprends pas pourquoi cette phrase m'a autant bouleversée. Pourtant, écrire ces quelques mots me serre encore le ventre.

J'ai toujours vu ma mère comme une bâtisse solide, qui ne plierait jamais sous le vent, et dans laquelle je pourrais me réfugier en laissant sur le pas de la porte mes inquiétudes et mes anxiétés. Elle est toujours venue me chercher quand je ne supportais plus d'être loin d'elle. Elle a toujours été là. Si je pouvais me permettre de craquer, c'est parce que je savais qu'elle aurait la force de me relever. J'ai grandi dans la foi de son inaltérable puissance et invincibilité, et je crois que c'est un des premiers repères autour desquels je me suis construite. C'est ce fondement qui a été le plus ébranlé lorsque j'ai appris qu'elle était atteinte d'une sclérose en plaques[2]. Je devais avoir 12 ans. Elle a toujours tout fait pour m'en protéger, si bien que je n'ai pris conscience de la gravité de cette maladie que bien plus tard. À ce moment-là, tout mon édifice intérieur s'est fragilisé, et

2. La sclérose en plaques est une maladie auto-immune du système nerveux central. Le système de défense dit immunitaire attaque la myéline, gaine protectrice des fibres nerveuses. Elle est alors endommagée par des lésions qui abîment la capacité des différentes parties du système nerveux à communiquer entre elles. En découlent de nombreux symptômes physiques et mentaux. À ce jour, les traitements permettent de traiter les symptômes ou de retarder la progression de la maladie mais pas d'en guérir.

j'ai été confrontée à la vulnérabilité de celle que je croyais indestructible. Tout mon mode de pensée a été chamboulé, il a fallu réapprendre à percevoir le monde avec ce nouveau filtre. Avec le recul, je me demande si j'ignorais vraiment cette part de moi, ou si simplement je faisais tout pour ne pas la voir. Je voulais qu'elle n'existe pas, je voulais ne jamais avoir peur.

« J'ai un cancer de l'ovaire depuis dix mois et je n'en ai encore parlé à personne »

Cela fait plusieurs jours que je souhaite appeler Victoire, mais nous avons du mal à fixer un rendez-vous. Elle est hospitalisée depuis plusieurs semaines sans accès régulier à son téléphone. Un matin cependant, elle m'écrit pour me dire qu'elle est disponible. Ni une ni deux, je me jette sur mon portable. Elle décroche. Elle semble très jeune. Elle a tout juste 19 ans. Par-dessus les bruits de la ville, je sens une grande timidité dans sa voix, une gêne aussi peut-être. Je la comprends, appeler une inconnue pour lui parler de ce que l'on a de plus intime a quelque chose de déroutant. Je me souviens m'être demandé comment il était possible de garder pour soi une telle charge émotionnelle, encore plus à son âge.

« Il y a de ça dix mois, durant la nuit, je ressens de fortes douleurs au ventre » commence-t-elle. Victoire réveille alors sa mère, catastrophée, pour qu'elle l'emmène aux urgences. Elle a 18 ans à l'époque. Arrivée sur place, une gynécologue l'examine, et lui explique qu'elle a une tumeur et qu'il va falloir la retirer au plus vite. Quelques semaines plus tard, l'opération a lieu. Elle marque une rapide pause, comme pour reprendre ses esprits, puis poursuit, toujours avec cette même timidité dans la voix « Le problème, c'est qu'il reste des résidus. Une tumeur se reforme sur la première. Le couperet tombe : j'ai un cancer. Je décide de n'en parler à personne, je n'y arrive pas. »

Elle se tait de longues secondes. Peut-elle m'expliquer ce choix ? Elle hésite, je patiente. « Je crois que je ressens une sorte de honte, parce que la maladie touche l'appareil reproducteur féminin, plus précisément les ovaires. Une zone qui occupe une place particulière dans mon histoire... C'est très compliqué pour moi de l'évoquer avec mes parents. » Intriguée, je lui demande plus d'explications. Si ça avait concerné une partie différente de son corps, elle en aurait sûrement parlé. Puis à côté de ça, elle croyait pouvoir s'en sortir toute seule. « Comme je suis majeure, je recevais directement les résultats, je gérais mes prises de sang, mes rendez-vous. Je pouvais me couper de mes parents. »

Je sens que nous nous approchons, à pas de loup, de la zone sensible. Je pense immédiatement à la possibilité d'un secret à étages qui en cacherait un autre, alors je creuse. D'où lui vient cette pudeur concernant cette zone bien précise de son corps ? De longues secondes de silence s'ensuivent. La parole devient plus lourde, plus lente, comme s'il fallait la traîner sur plusieurs mètres pour l'expulser.

« Petite, j'ai été abusée sexuellement. » souffle-t-elle. « Ce n'est pas facile pour moi de séparer la maladie de ces violences dont j'ai été victime. » Surtout que sa gynécologue, qui est au courant de son passé, a tendance à penser que les deux sont liés, et que c'est son corps qui réagit à ce traumatisme. « Je n'aime pas cette idée, car elle signifie que je ne maîtrise rien, et que boum, un cancer arrive. »

J'ai reçu énormément de secrets impliquant des viols et des abus sexuels. Comme je ne me sentais pas prête, j'avais décidé d'attendre avant de m'y confronter. Mais voilà que le sujet tombe sans que je m'y sois préparée. Alors j'essaie de trouver le bon équilibre entre empathie et recul.

Je lui demande ce que cela fait de garder un tel secret quand on a 18 ans. Elle réfléchit. « C'est... lourd. Parfois, on a envie de le hurler, de le dire à la première personne qui passe, même un inconnu. Il y a eu des moments où j'ai voulu me confier à mes parents. J'étais seule avec eux, c'était l'occasion, pourtant ça ne sortait pas. Le cacher à mes amies qui vivent dans l'insouciance, c'est aussi difficile. Je sens une distance de plus en plus grande se creuser avec mon entourage. »

Nous marquons toutes les deux une pause. Nous allons devoir parler de ce premier secret qui semble avoir déclenché le second. Mais je la laisse enchaîner naturellement, pendant que je réfléchis à la meilleure manière de poser mes questions.

« Il y a quelques semaines, j'ai eu rendez-vous chez ma gynécologue. Demi-bonne nouvelle pour moi : je n'ai plus de cancer, mais j'ai une nouvelle tumeur. » Victoire doit se faire opérer le 19 juin. En sortant de l'hospitalisation, elle craque. Elle décide d'appeler ses parents pour tout leur raconter.

Pour la première fois ce matin-là, elle parvient à dissocier sa maladie des abus qu'elle a subis. Je prends alors conscience du pouvoir guérisseur de la parole face au gouffre du silence. En formulant son secret, Victoire a désamorcé l'association néfaste qui la faisait souffrir. Elle me révèle ensuite qu'elle traverse une lourde dépression depuis ses 15 ans, liée aux violences sexuelles dont elle a été victime entre 4 et 11 ans. « Mes parents ont été là pour moi, et ils le sont encore aujourd'hui. Maintenant, que je leur ai parlé de mon cancer, j'ai l'impression que je peux le dire à tout le monde. »

Elle marque une pause. Sa respiration est lourde. Ses parents étaient au courant de son premier secret, alors que je pensais qu'ils l'ignoraient, et que c'était pour cette raison qu'elle n'évoquait pas sa maladie. Une porte s'ouvre, et le moment est peut-être venu d'aborder son passé. À qui s'est-elle confiée la première fois ? À sa professeure d'histoire-géographie en terminale qui, pressentant un malaise, l'avait fait venir à son bureau à la fin d'un cours pour s'enquérir de son état. Victoire lui avait tout raconté. Celle-ci avait donc transmis l'information à l'infirmière qui avait pris contact avec ses parents. « Ici aussi, le fait d'en avoir parlé à quelqu'un m'a libérée et j'ai pu l'évoquer par la suite à nouveau. Ça ne me posait plus de problème. »

S'il était difficile de le confier à son père et à sa mère, c'est parce qu'il s'agissait d'un de leurs amis et qu'il leur a fallu du temps pour le digérer. Au moment où nous nous parlons, Victoire est hospitalisée pour une tentative de suicide. Celle-ci a eu l'effet d'un électrochoc sur ses parents. « On en a beaucoup parlé hier soir par exemple. Ça fait beaucoup de discussions sérieuses en peu de temps. » Elle rit. « J'ai porté plainte en 2018, mais je n'ai pas eu de suites pour l'instant. Pour sortir de la dépression, il faut parler, parler, parler. Quand je t'ai confié mon histoire, c'était… (elle marque une pause) "… une urgence de dire". J'ai vu ta story, et j'ai pensé que je devais mettre mes secrets quelque part. »

Je suis très secouée par cette longue conversation. Quelques heures après, je lui envoie un message pour la remercier et pour vérifier que je n'ai pas été maladroite. Elle me rassure tout de suite, ce qui me donne du courage pour poursuivre cette enquête.

La mécanique du secret à étages de Victoire m'interpelle une fois de plus. Celui qu'elle m'a raconté en premier n'était que la conséquence d'un traumatisme plus ancien. Nous sommes à nouveau dans une spirale que les mots n'ont pu enrayer. Je pensais qu'en se confiant à un tiers, on allégeait le poids qui reposait sur nos épaules. Victoire est la preuve que ça ne fonctionne pas toujours ainsi.

La clé du secret de Victoire, c'est la honte. Si elle décide de surmonter seule sa maladie, c'est aussi et surtout pour ne pas ressusciter les traumatismes qu'elle a vécus. Nous touchons du doigt pour la première fois la question du tabou. Si parler ne suffit pas, alors, comment se libérer d'un tel poids ? Je repasse en boucle dans ma tête l'expression qu'elle a utilisée, « l'urgence de dire ». Je crois qu'on ne pourrait pas mieux formuler l'objet de ce livre.

Chaque entretien suscite chez moi d'intenses réflexions. Pourquoi ces plongées dans l'intimité des autres me ramènent-elles systématiquement à la mienne ? Pourquoi ai-je l'impression de si peu me connaître ? Je n'arrive pas à éloigner le miroir que ces secrets tendent vers moi. L'irruption du tabou dans l'enquête me bouleverse à titre personnel. Celui-ci occupe une place particulière dans ma famille. L'histoire de ma grand-mère maternelle nous hante depuis toujours, et nous en avons toutes et tous payé les conséquences, ma mère la première. J'ai eu vent de plusieurs événements traumatiques de sa vie, mais de manière décousue. Je sais vaguement qu'à l'âge de 16 ans, elle a été arrachée à sa Guyane natale par un ami de son père qui l'a épousée et ramenée au Maroc. Je crois qu'il était violent avec elle et qu'elle s'est enfuie en cachette pour la France avec ses deux enfants. Je ne sais rien d'autre, pas même si toutes ces informations sont justes. Et plus mon engagement féministe se radicalise, plus je souffre de cette histoire dont j'ignore tout et dont ma grand-mère se refuse de parler.

Depuis, j'ai l'impression que ce tabou circule dans ma famille, et qu'il a eu des conséquences sur les générations qui ont suivi. Il y a quelques années, la kinésiologue[3] qui suivait ma mère lui a demandé si elle pensait que sa mère

3. La kinésiologie est une technique de rééquilibrage psycho-corporelle.

avait été battue durant sa grossesse, car cela pourrait expliquer en partie l'origine de sa maladie. Elle a alors pris son courage à deux mains pour en parler avec ma grand-mère, mais celle-ci est restée muette. Si elle n'a rien dit dans de telles circonstances, je ne vois pas ce qui l'amènerait un jour à se confier.

Tout ceci est enfoui si profondément en moi que c'en est absent de mon quotidien. Il n'empêche que ces traumatismes familiaux tus ressortent ponctuellement, dans mes engagements, dans mes révoltes, dans mes intérêts, dans ce livre aussi. Comment réagirait ma grand-mère si je retournais aujourd'hui la voir pour lui demander de me raconter son histoire ? Serait-ce salvateur pour elle comme ça pourrait l'être pour nous ?

À l'urgence de dire de Victoire, j'ajoute l'urgence d'entendre.

« Je pense que le géniteur de mon fils est mon violeur »

Peu après m'être entretenue avec Victoire, je fais la rencontre d'Élina, qui est un séisme dans mon enquête. Tout me bouleverse chez elle : sa voix, son histoire, son calme, son intelligence aussi. Son récit est d'une telle richesse qu'on peut l'analyser par des dizaines de prismes différents sans jamais l'épuiser. Il est l'archétype même du secret à étages.

Au tout début de notre entretien, elle réagit à la présentation que je lui fais de mon projet en m'apportant un éclairage très intéressant : « Dans ma famille, il n'y a eu que des secrets, tout le temps. C'est ce que l'on appelle la psychogénéalogie, ça se transmet de génération en génération tant que l'on n'a pas mis à jour les mécanismes. Cela crée des fractures fortes. Chez nous par exemple, plus personne ne se parle. Il y a eu plusieurs cas de violences sexuelles intra- et extrafamiliales, et je pense que… », elle avale sa salive et reprend sa respiration, « tout ça est un peu lié. Ce n'est pas pour rien que j'ai été violée. Mon cousin, ma cousine et ma nièce l'ont été aussi, il y a vraiment une dynamique terrible. »

Cette première intervention me coupe le souffle. Les secrets à étages peuvent exister à l'échelle d'une famille comme une bombe à retardement qui, si elle n'est pas désamorcée à temps, peut déclencher des explosions en chaîne, de génération en génération. Je pense alors à mon cas personnel. Quel est le poids des blessures et des traumatismes que je porte malgré moi ? Serais-je capable un jour de me défaire de ce bagage qu'on m'a légué ?

Le secret d'Élina est né dans un entremêlement de silences et de non-dits. Sa nièce est l'une des premières à parler. Elle se confie à sa grand-mère, mais sa parole n'enraye pas la mécanique puisqu'un nouveau drame survient quelques mois après :

« Je suis moi aussi victime d'un viol à l'âge de 21 ans » souffle Élina, « mais je n'ai pas envie d'accabler mes parents, alors je me tais. Il m'a fallu huit ans pour accepter que j'avais été victime d'un viol. Pour moi, j'étais allée au rendez-vous, et même si j'avais dit non trois fois, c'était quand même de ma faute. »

Son deuxième secret découle directement du premier. « Le jour de mon anniversaire, j'apprends que je suis enceinte. Une fois de plus, je n'ose pas en parler à mes parents. » Elle contacte le planning familial à Bruxelles, qui lui annonce que, comme elle n'est pas en ordre de mutuelle, l'interruption volontaire de grossesse (IVG) lui reviendrait à 250 euros. Somme qu'elle n'a pas. « J'aurais pu faire appel à un autre organisme, mais ils ne me disaient rien. La seule option qu'il me restait était d'aller jusqu'à l'accouchement puis mettre mon enfant à l'adoption. En Belgique, on ne peut pas accoucher sous X comme en France. » Elle décide donc de cacher sa grossesse.

« Je ne connais pas l'identité du père de mon fils, ce qui me fait culpabiliser, car à cette époque, j'avais une vie sexuelle très, voire trop active pour qu'elle soit saine. » Pourtant, l'intuition lui laisse à penser qu'il s'agit de son violeur, même si en l'absence de test ADN, elle ne peut en être certaine. « Et quelque part, je préfère encore douter et me dire que ce n'est pas lui. »

Elle me raconte alors les neuf mois d'une grossesse chaotique et secrète. Élina n'est suivie par aucun médecin et elle se terre dans une immense solitude : « Je parle à cet enfant, je lui dis que je ne le désire pas, que j'espère faire une fausse couche, que je voudrais… (elle hésite) qu'il décroche, mais ça ne fonctionne pas ». Elle rit nerveusement, et s'interrompt quelques secondes. Personne ne remarque sa prise de poids. Pourtant elle croise sa mère fréquemment et vit en colocation.

« Lorsque je ressens les premières contractions, j'appelle une ambulance et en arrivant à l'hôpital, j'explique immédiatement que je souhaite mettre mon enfant à l'adoption. » Après l'accouchement, les sages-femmes lui demandent si elle souhaite voir son fils, mais elle refuse. « Tout ce que j'aperçois à cet instant, ce sont ses fesses. » Élina est ensuite prise en charge par une assistante sociale, puis par une psychologue, mais elle n'arrive pas à leur parler de son viol.

Elle s'interrompt à nouveau. Le récit est éprouvant, et je me sens bien petite devant cet immense travail d'introspection.

Sa thérapeute lui demande alors d'écrire une lettre pour expliquer les raisons de son geste. « Quand je lui lis, elle me dit que de son point de vue, je n'ai pas envie de mettre mon bébé à l'adoption, que c'est juste que je ne sais pas comment faire pour être mère. » Pour elle, la meilleure solution serait de commencer par en parler, pour voir les options qui s'offrent à Élina. En parallèle, un jour où elle a rendez-vous à l'hôpital, elle se trompe d'étage et atterrit au service dans lequel se trouve son bébé. On lui propose d'aller le voir, elle accepte. C'est un déclic. Elle y retourne tous les jours qui suivent. Deux semaines plus tard, elle franchit le pas et convoque ses parents. « Le 3 janvier, j'ai accouché d'un petit garçon » et elle leur montre une photo. Un coup de massue s'abat sur eux. Ils lui demandent de répéter. « Je dois dire et redire plusieurs fois la nouvelle pour qu'ils l'intègrent. À partir ce moment-là, ma décision est prise. Le plus dur, au final, c'était de cacher la grossesse. »

Élina passe alors les neuf mois suivants dans une unité spéciale pour créer du lien avec son enfant. Aujourd'hui, mère et fils vivent une relation fusionnelle, mais elle tente de le protéger de son secret :

« Je n'ai jamais dissimulé à Gabriel que je ne connaissais pas l'identité de son père, mais je lui ai toujours caché mon viol. Une de ses grandes questions, c'est :

“Pourquoi tu ne l’as pas prévenu que tu étais enceinte ?”, ce à quoi je réponds “Parce qu’on ne sait pas tout de suite qu’on l’est, et dans la temporalité, c’était compliqué pour moi de faire le nécessaire”. Quand il me confie avoir envie d’un papa, je lui réponds que c’est normal qu’il ressente ça, et qu’il a le droit de m’en vouloir aussi. Enfin voilà, j’accueille ce qu’il a à me dire. »

Elle n’évoque jamais son histoire, ni avec lui ni avec personne d’autre. Je la questionne un peu plus à ce propos, car c’est la clé de voûte de tous ses secrets :

« Depuis #MeToo, j’ai pris conscience que ce qui m’était arrivé était un viol. J’ai retrouvé le mec sur Facebook, et je lui ai écrit. Il a vu le message, il m’a bloquée. J’ai son numéro, j’ai son nom, j’ai tout. » La première fois qu’elle se confie, c’est à son beau-père. Puis le 8 mars, durant la Journée internationale des droits des femmes, elle révèle tout à son copain pendant qu’ils se prennent la tête dans le cortège de la manifestation. Puis elle se livre à ses amies les plus proches, « et là, maintenant, je t’en parle. »

Le silence est rompu, mais cela reste un secret pour son fils :

« J’ai été violée en avril 2011. Si je ne porte pas plainte cette année, il y aura prescription. Mais je n’ai pas de preuves, et quand on connaît les chiffres, tant qu'on ne t'a pas fracassé la gueule, ça n'aboutit pas[4]. » Le seul moyen qu'Élina aurait, ce serait de faire faire un test ADN à son violeur pour le comparer à celui de son fils, mais est-elle prête à franchir le pas ? « Grandir sans avoir de père, c'est une chose, mais savoir que son père est un violeur, c'en est une autre. » Elle se dit aussi que même si sa plainte n'aboutit pas, il y aura une trace dans son dossier qui pourrait aider d'autres femmes par la suite. « J'ai pris plusieurs fois rendez-vous avec une association bruxelloise, mais je n'ai jamais franchi le pas. »

Les secrets d'Élina m'ont bouleversée. J'ai dévalé tous les étages de ses révélations en essayant de comprendre comment ils s'imbriquaient les uns avec les autres. D'abord, il y a cette « tradition » familiale qui s'est répercutée de génération en génération. Le premier secret d'Élina, le viol, doit son existence au manque d'informa-

---

4. Le délai de prescription est la période au-delà de laquelle l'auteur d'une infraction ne peut plus être poursuivi. Le délai varie selon l'infraction commise. En matière de viol, ce délai est fixé à dix ans en Belgique, vingt ans en France (trente ans après sa majorité pour une personne mineure). Selon *Libération*, « En France, chaque année, 84 000 femmes et 14 000 hommes de 18 à 75 ans sont victimes de viol ou de tentative de viol. Un chiffre en deçà de la réalité, car il ne tient pas compte des mineurs, fréquemment victimes. On estime qu'une victime sur dix porte plainte et il y a une impunité judiciaire : seule une plainte sur dix aboutit à une condamnation. »

tion et à la culpabilité. Comment parler d'un événement traumatique sur lequel on n'arrive pas à poser de mots, et dont on se sent responsable ? Ce premier secret a entraîné le deuxième, sa grossesse, qui semble, lui, plutôt motivé par la honte : celle de ne pas savoir qui est le père, laissant ainsi entrapercevoir une vie sexuelle bien remplie. Le troisième découle des précédents : il est lié à la paternité de son enfant qu'elle tait pour protéger ce dernier. En somme, un labyrinthe fait de silences entrecoupés de quelques rares respirations.

J'ai pensé à Élina plusieurs jours d'affilée, car cette transmission généalogique a réveillé des choses très personnelles et douloureuses en moi. Parfois, je me demande si je n'écris pas ce livre pour mettre une voix sur ces secrets qui enserrent ma famille depuis toujours. Pour comprendre ces femmes silenciées auprès desquelles j'ai évolué toute mon enfance.

J'ai grandi avec une grand-mère paternelle de cœur, et non de sang. Je n'ai jamais connu l'autre et comme elle n'est plus de ce monde, je ne pourrai jamais entendre sa vérité. Si je ne vois pas beaucoup mon père, il m'arrive de voir mes grands-parents, beaucoup plus souvent ma grand-mère que mon grand-père. Un jour, j'ai alors 13 ans, je suis sur la péniche de mon grand-père à Paris. C'est une des premières fois que je le rencontre. Il ne veut pas que je l'appelle « grand-père » ni « papy ». « Ça fait trop vieux. » Le soir, il me sert du foie gras à table. Chez moi, on n'en mange qu'à Noël. Ça doit sûrement être un jour de fête pour lui. À la fin du repas, il sort une photo, en noir et blanc, de ma grand-mère de sang. Je la vois pour la première fois. Elle fume une cigarette, nue, dans une baignoire vide. Elle est magnifique. Elle a le port de tête d'une danseuse. J'apprends son prénom : Daisy. Aujourd'hui, plus de quinze ans après, je veux en savoir plus. Je veux la vérité. Je veux connaître l'histoire de ma famille, car c'est aussi la mienne. Et si les traumatismes se transmettent de génération en génération, il est vital pour moi d'en comprendre les rouages. Pourquoi Daisy est-elle partie si jeune ? Pourquoi ne l'ai-je jamais rencontrée ? Pourquoi ne m'en a-t-on jamais parlé ?

Quelques années plus tôt, je suis chez ma tante, que je me plais à appeler Nana depuis mon plus jeune âge. Je joue dans le salon quand son téléphone sonne. Quelques secondes après avoir décroché, elle fond en larmes. Je n'avais jamais vu quelqu'un pleurer comme ça. Je suis si impressionnée que je file me réfugier dans l'armoire. Je n'ai aucune idée de comment réagir. Je découvrirais par la suite qu'elle venait d'apprendre le décès de son grand frère. Il y a toujours eu un immense silence qui planait autour de sa mort. Ce que je sais en revanche, c'est que lors de son enterrement, ma mère n'a pas versé une larme. Elle a fait une crise de tétanie, et reste persuadée que c'est ce choc émotionnel qui a déclenché sa maladie. Que se serait-il passé si elle avait parlé ? Si elle avait réussi à pleurer, à prendre la main de ma grand-mère, et à lui dire qu'elle souffrait ?

Les secrets à étages m'ont d'abord surprise, voire décontenancée. Pourquoi me confiait-on la plupart du temps les symptômes plutôt que les origines ? Par pudeur, par honte, ou par besoin d'être rassuré avant d'aller plus loin. Parfois, aussi, parce qu'il est difficile de réaliser jusqu'où remontent les racines de nos silences.

Lorsque quelqu'un se confie à vous, posez-lui des questions. Il s'agit peut-être d'une perche tendue vers un autre secret, plus ancien. La parole, précieuse, a besoin d'être soutenue, amplifiée. S'aventurer dans le secret, c'est creuser des chemins de traverse.

Je pense aux perches qu'on m'a peut-être tendues, mais que je n'ai pas su saisir. Combien d'occasions manquées ?

Il y a un certain enivrement à se plonger dans l'intimité des autres. Non pas simplement pour les histoires qu'ils me livrent, mais parce qu'assister à la libération d'une parole est d'une puissance folle. Je sens que d'une découverte naïve est en train de naître en moi un intérêt profond, passionné, boulimique pour les secrets. J'ai envie d'écouter des récits de silences, de comprendre leur essence et ce qui est venu les bouleverser. J'ai besoin d'entendre tous ces mots dont on m'a privée toute ma vie.

DIS-MOI À QUI TU CACHES TON SECRET

« Dedans/dehors : sans cette opposition, pas de secret. Que le secret soit un vénéré mystère ou un jeu interactif, nous retrouvons partout ce trait caractéristique. »

André Petitat, *Secret et formes sociales*

Plus j'avance dans l'enquête, plus je réalise que le secret n'existe que par rapport à ceux auxquels on le dissimule. C'est un joli paradoxe, qui s'appuie sur une simple question que l'on peut toutes et tous se poser : qui est autorisé à savoir, et qui ne l'est pas ? En somme : dis-moi à qui tu caches ton secret, je t'en révèlerai la nature.

Le secret prend forme en érigeant des barrières qui séparent son détenteur – et ceux qu'il a choisis pour le partager – du reste du monde. Tout l'enjeu étant de rendre ces barrières infranchissables. Plus j'avance dans mes entretiens, plus je m'intéresse à celles et ceux que l'on maintient en dehors de la confidence – peut-être parce que je me reconnais en eux et que j'ai occupé cette place une grande partie de ma vie. Je m'interroge : comment le secret est-il impacté par ceux-là mêmes à qui on le dissimule ?

« J'ai un mal-être en tant que femme, mais je ne me vois pas avec un corps d'homme »

Lorsque j'appelle Sam pour la première fois, j'entends le chant des oiseaux du jardin de ses parents qu'iel recouvre d'une voix énergique. Sam est très spontané·e, sa parole est facile à recevoir, à écouter.

En classe de première, Sam fait la rencontre de son meilleur ami. Iels passent énormément de temps ensemble à refaire le monde. Un jour, iels abordent le sujet de la transidentité, et « c'est comme une première et timide révélation » ajoute-t-iel le sourire aux lèvres. Iel découvre alors le militantisme LGBTQIA+ qui lui ouvre les portes d'un tout nouvel univers. « À cette époque, je prends conscience que je ne me suis jamais vraiment reconnu·e dans mon prénom, "Samantha", ni dans le pronom "elle". J'ai toujours pensé qu'il n'y avait pas d'alternatives, puisqu'on m'appelait ainsi depuis la naissance. » Et pourtant, Sam réalise que le genre indiqué sur sa carte d'identité n'est pas figé : « On peut décider pour soi. »

Iel fait une pause, et reprend d'une voix très naturelle : « Je me demande alors si je ne suis pas trans, si je ne préfèrerais pas qu'on me dise "il", si je n'aurais pas envie de changer de prénom, de genre, de sexe. Puis, en me renseignant, je découvre que la transidentité, c'est quelque chose qui est en nous depuis qu'on est tout petits, ce qui n'est pas mon cas. » Quand Sam se regarde dans le miroir, il y a des moments où iel se sent en accord avec son apparence, parce qu'iel se considère d'une manière très neutre. « Je ne vois vraiment pas mes seins comme quelque chose de particulièrement féminin, par exemple. En réalité, je ne me définis pas par rapport à mon corps. »

Au fil de ses recherches, Sam découvre la non-binarité, et c'est une révélation. « Ça me correspond totalement parce que je me fiche du genre qu'on m'attribue. Je comprends qu'il y ait des gens qui aient besoin d'être définis par ça, mais pour ma part, que je sois "elle" ou "il" ne change rien à la vision que j'ai de moi-même, au contraire. Ce qui est compliqué avec la non-binarité, ce sont les fluctuations. Parfois je suis totalement en phase avec mon corps, d'autres fois je le hais. Pour autant, je ne peux pas simplement mettre des sparadraps sur mes seins et les enlever quand je veux ! » Iel rit. « Ma solution, c'est de porter des vêtements amples ».

J'aimerais entrer plus en profondeur dans son secret : à qui cache-t-iel sa non-binarité ? Pourquoi ? Sam me confie l'avoir toujours dissimulée à sa famille et à ses petites amies. Mais c'est dans l'intimité que son secret lui a posé le plus de problèmes : « Il m'arrivait de ne pas me sentir à l'aise pendant l'acte sexuel et j'étais alors obligé·e d'arrêter, sans pouvoir l'expliquer à ma partenaire. Cela a généré beaucoup d'incompréhension et de disputes. Faire l'amour, ça demande d'être bien dans son corps et dans sa tête, ce qui n'est pas mon cas. »

Avec notre discussion s'opère un basculement. Sam ressent l'envie de partager son histoire avec celles et ceux qui pourraient s'y reconnaître. Iel décide également d'aborder le sujet avec sa copine. « C'était la première fois que je révélais mon secret. » Comme Sam ne s'est pas du tout préparé·e, tout sort de manière spontanée. Sa petite amie réagit bien : rien ne changera entre elleux.

Je l'interroge maintenant sur sa famille qui ignore toujours tout de sa non-binarité. Sam prend quelques secondes avant de m'avouer qu'iel le cache principalement à ses parents. Ses deux frères et sa sœur jumelle sont, eux, au courant. « Ma mère en revanche se voile la face. Quand j'ai commencé à m'assumer, elle ne cessait de me répéter que c'était une phase, que ce n'était pas moi, et qu'il fallait que j'arrête. Avec mon père, on en parle encore moins. » Une fois en revanche, au cours d'un repas, iel leur explique ce qu'est la transidentité, sans s'y inclure, mais c'est un premier pas.

C'est dans le rapport que Sam entretient avec des inconnus qu'iel aborde un point qui deviendra central dans mon enquête. Sam ne semble pas dérangé·e que le reste du monde soit au courant. Iel prend même un malin plaisir à cultiver le doute. Souvent, dans les périodes où iel se sent mal, Sam aime sortir se promener dans la rue parce qu'iel sait que les passants vont lae genrer au masculin. Tout l'inverse de ce qu'iel vit avec sa famille. « Quand je rencontre quelqu'un de nouveau, je n'ai pas peur d'affirmer qui je suis, s'il ne m'accepte pas tel·le quel·le, je n'ai rien à faire avec lui. Ces gens-là ne connaissent rien de ma vie, et ça m'est égal qu'ils me critiquent. Tandis que ma famille m'a vu·e grandir et évoluer. C'est différent. »

Ce que je réalise grâce à Sam, c'est qu'il est possible d'inclure dans la confidence d'autres personnes que les concernées sans que la terre s'arrête de tourner. Cela permet même parfois de trouver dans une oreille attentive, le réconfort et l'assurance nécessaires pour continuer de protéger son secret. En lisant ceci, j'aimerais que vous vous demandiez si vous portez un secret, à qui vous le cachez, les raisons pour lesquelles vous le faites, et si elles varient en fonction des concernés. En terminant l'entretien avec Sam, je ne peux m'empêcher moi aussi de me poser ces questions.

*

Ce passant que j'observe à travers ma fenêtre, dissimule-t-il lui aussi quelque chose de similaire ? Est-ce cela qui fait de nous des individus à la fois uniques et reliés les uns aux autres ? En quoi nos expériences intimes du silence et de la parole nous unissent-elles ?

J'ai rêvé de ma grand-mère cette nuit. Elle était adolescente et hurlait dans la forêt. Les arbres formaient un labyrinthe qui rendait le chemin jusqu'à elle impraticable. Impossible de me repérer grâce à la vue, je ne pouvais que suivre sa voix. C'était étrange de l'entendre crier, elle qui s'est tue toute sa vie.

*

Si Sam détient un secret qu'iel cache à ses proches, sans craindre que les autres ne le découvrent, Jade[5] et

5. « Je suis libertine »

Victoire[6] les dissimulent au monde entier, à l'exception de quelques élus. Les mécaniques sont inversées. Victoire le fait par pudeur et pour se protéger d'un passé douloureux et traumatique. Jade, quant à elle, préfère se préserver du regard des autres. Mais cela se complique avec cette dernière, puisque son secret existe aussi d'une manière beaucoup plus insidieuse vis-à-vis d'elle-même. Peut-on se cacher des choses à soi-même ? Est-il possible qu'un non-dit, de l'ordre du refoulement, se meuve en secret ?

Mes entretiens me font réaliser que les paramètres diffèrent en fonction des configurations de chacun. Puis arrivent Nathan et Élina. Là, l'étau se resserre. Tous deux ont fait l'expérience d'un secret beaucoup plus circonscrit : le secret exclusif et le secret solitaire.

« J'aime les hommes, mais on m'a si souvent traité de "pédé" petit que je ne peux pas leur donner raison »

Nathan est le premier à me faire dévier de ma position d'écoute passive. Peut-être parce qu'il s'agit du premier secret que je reçois qui n'a pas encore mûri, et

6. « J'ai un cancer de l'ovaire depuis dix mois et je n'en ai encore parlé à personne »

que son détenteur ne l'envisage que par le prisme de la fatalité.

Quand Nathan décroche, j'ai tout de suite l'impression d'avoir affaire à quelqu'un de très timide. Il prend son temps pour répondre, et s'exprime d'une manière très poétique. Il me rappelle Louise, une amie de passage dans ma vie, qui n'utilisait que des métaphores dans ses phrases, si bien qu'il était difficile de déceler le sens réel de ses propos.

La façon dont Nathan me présente son secret me sidère : « J'aime les hommes, mais on m'a si souvent traité de "pédé" petit que je ne veux pas leur donner raison. » Formule qu'il prolonge d'une autre tout aussi bouleversante : « Je me sens comme une pièce qui ne rentre pas dans le mécanisme du monde. » J'entame notre entretien la boule au ventre.

« J'ai toujours été perçu comme quelqu'un "d'efféminé", parce qu'il semblerait que j'aie des manières qui s'apparentent plus… » Il hésite. « … à la gent féminine qu'au cliché viril. » En primaire, Nathan subit des insultes homophobes. Il finit par changer d'établissement et intègre une école plus artistique, pensant s'y sentir plus libre. À peine arrivé, il adopte un look plus assumé. « J'avais besoin de montrer que j'étais différent. » À cette époque, il se rend compte qu'il est aussi attiré par les hommes, mais il referme tout de suite cette porte. Il est impossible pour lui de donner raison à toutes ces personnes qui l'ont harcelé tout au long de sa vie. « Aujourd'hui, j'ai baissé les bras parce que les réactions n'ont pas changé. À l'école, ça allait, mais une fois dans la rue, les moqueries reprenaient. Au début je les cherchais ces regards, j'étais provocant, mais avec le temps, je me suis lassé, j'avais juste envie qu'on m'oublie. Je suis rentré dans le moule. » m'explique-t-il avec tristesse. Nous nous taisons quelques secondes.

Encore maintenant, sa sexualité reste une vaste question pour Nathan. Et sa famille ne simplifie pas les choses. « La plus grosse frayeur de ma grand-mère, c'est que je sois homosexuel » ajoute-t-il, désabusé. Aujourd'hui, Nathan sort avec une fille, « et ça se passe très bien », même si dans sa tête, son attirance pour les hommes est toujours un point d'interrogation. « Il m'arrive de me dire que ça me correspondrait peut-être mieux, mais ça reste quelque chose que je n'explorerai jamais, parce que c'est tabou. »

Voilà ce terme qui revient une fois de plus. Il est indissociable du secret. Je lui demande alors comment sa sexualité a évolué depuis qu'il est en couple. Il hésite.

« Avec ma copine on en a toujours parlé de manière très ouverte, c'est la seule qui est au courant. J'ai eu beaucoup de chance. On a testé des accessoires comme le gode ceinture, mais voilà, ça ne remplace pas un homme. » Il reprend sa respiration, puis avance d'une voix timide. « Coucher avec un mec, quand j'y pense, ça m'excite terriblement, mais je sais que ce ne sera jamais possible parce que je crois avoir trouvé la bonne. On a même acheté une maison ensemble. Ce serait commettre une infidélité, et ce n'est pas du tout là-dessus qu'on a bâti notre couple. Ce que je ressens ? De la fatalité. Je ne peux en vouloir qu'à moi-même. »

Je ne peux m'empêcher de conseiller à Nathan d'assumer sa sexualité, peu importe les engagements pris et les déceptions que cela occasionnerait. En raccrochant, je ne sais pas si j'étais légitime à le faire, ou si je n'aurais pas dû aller si loin. Ma position n'est pas toujours évidente à trouver et il me semble important de la définir parce que je recueille de la matière sensible et que je n'ai pas le droit à l'erreur.

Le récit de Nathan est un exemple de cloisonnement très strict du secret. Il ne peut être partagé qu'avec une unique personne, sa compagne, qui agit comme une respiration au milieu d'un océan de silence.

J'imagine ma grand-mère débarquant au Maroc à l'âge de 16 ans, complètement déracinée et esseulée. J'essaie de me projeter à sa place : qu'a-t-elle ressenti ?

A-t-elle pu se confier ? Poser des questions ? Et si elle n'a pas pu trouver une oreille attentive sur le moment, est-ce arrivé par la suite ? Qui a été sa respiration au milieu de son océan de silence ?

Avec Élina, c'est encore plus complexe. Son secret[7], personne ne le connaît, c'est un combat solitaire. Et je ne parle pas d'une solitude romantique, mais d'une solitude brute et crasse. Son viol, elle l'a d'abord caché à tout le monde avant de s'ouvrir à ses meilleures amies, son copain et enfin son beau-père des années plus tard. Puis, elle a dissimulé sa grossesse jusqu'à la fin, avant de faire entrer ses parents dans la confidence, et tous les autres à leur suite quand elle a finalement décidé de garder son bébé. L'unique secret qui repose encore sur ses épaules est celui de la paternité de son enfant. C'est à elle qu'incombe l'entière responsabilité de la révélation, voire de la plainte, et des conséquences que cela pourrait avoir sur son fils.

Je me demande ce que cela fait de se murer dans un silence si grand qu'il n'existe aucune échappatoire ? De toujours devoir tenir sa langue, être sur ses gardes, veiller à chacun de ses faits et gestes.

---

7. « Je pense que le géniteur de mon fils est mon violeur »

« On m'a toujours caché l'identité de mon père, car je pense qu'il était un nazi »

Je ne peux pas terminer ce chapitre sans penser à Daniel qui a toujours vécu de l'autre côté de la barrière sans jamais parvenir à l'enjamber. Toute sa vie, on lui a caché l'identité de son père. Il est la première personne que j'interroge non parce qu'il détient un secret, mais parce qu'on l'a privé de la vérité. Et puis Daniel, c'est quelqu'un que je connais, alors l'entretien est un peu différent.

La Seconde Guerre mondiale éclate lorsque la mère de Daniel perd ses parents. Elle a 14 ans et se retrouve seule avec sa petite sœur. Au milieu de la guerre, elle fait la rencontre d'un jeune homme. « J'ignore si c'est une histoire d'un soir ou une aventure plus longue. » Daniel naît le 12 novembre 1944, de père inconnu. En 1947, sa mère se marie et il apprend que celui qu'il pensait être son père ne l'est pas en réalité. « La seule chose que je sais de mon géniteur, c'est que maman l'a beaucoup aimé. » avance-t-il la voix émue. Quelques années avant la mort de sa mère, sa tante leur avait montré une toute petite photo grande comme trois timbres-poste. Il bégaye, et s'interrompt un moment. « C'était mon père, et ma mère était en larmes. Donc j'en ai déduit que c'est quelqu'un qu'elle a… » Il se met pleurer. « Excuse-moi. » Sa voix flanche. « Elle l'a certainement beaucoup aimé. »

Il marque une pause. Son timbre rocailleux paraît tout à coup si fragile. « Moi, je pense que ce secret de famille, c'est que je suis allemand, et que mon père était peut-être un nazi. » Pourtant, sa mère lui a toujours dit qu'il était belge, ce à quoi il ne croit pas du tout. « Peut-être que maman a fréquenté un Allemand pendant la guerre, et que je suis né de cet amour, mais je n'en sais pas plus. Je lui ai posé des centaines de fois la question, mais elle n'a jamais voulu me le dire. Jamais, jamais, jamais. »

Je lui demande si ce qui lui a mis la puce à l'oreille, c'est qu'il pensait que la seule chose qui puisse être la cause d'un si grand silence, c'est que son père soit allemand. Il me répond du tac au tac :

« Exactement. Mais qu'est-ce que j'en ai à foutre moi ? Belge, Allemand, Suédois, ça n'a aucune importance. » Il a beau insister auprès de sa tante, lui dire que désormais sa mère est partie, et qu'elle peut enfin tout lui révéler, elle refuse. Sa voix flanche à nouveau. « Elle n'a pas trahi sa parole, c'est embêtant pour moi, mais très respectable. »

Il était important pour moi de clore ce chapitre avec le témoignage de quelqu'un qui a été privé toute son existence de la vérité. Si la mère de Daniel a dissimulé l'identité de son père à son propre enfant, c'est très certainement que cette information représentait pour elle un poids immense, peut-être même dans le contexte de l'époque, une question de vie ou de mort, l'opprobre sur toute sa famille. Ce qu'elle jugeait légitime au moment des faits est devenu une blessure profonde chez son fils.

Tomber dans le secret, c'est s'engager dans un labyrinthe sans fin, composé de tabous, de peurs, de non-dits, d'anxiété, de traumatismes. André Petitat avertissait déjà de ce risque : « Nous invitons donc le lecteur à prendre une transversale un peu plus sinueuse qu'à l'accoutumée, en lui avouant qu'à plusieurs reprises nous avons failli nous y perdre[8]. » Aujourd'hui, je me retrouve au carrefour de plusieurs existences. Je pense à Victoire, Jade, Sam, aux personnes à qui ils dissimulent leur vérité, et à quel point chaque histoire résonne avec les autres. Ils ne le savent pas encore, mais elles ajoutent une pièce au grand puzzle que j'essaie de constituer.

Ce chapitre réveille à nouveau un sentiment douloureux en moi. Parce que je crois avoir été plus souvent de l'autre côté de la barrière que l'inverse. Toute ma vie, j'ai été maintenue « en dehors » du secret. Je suis née dans une famille qui le cultive, où le silence se transmet de génération en génération. Le passé de ma grand-mère

8. André Petitat, *Secret et formes sociales*, 1998, Paris, Presses universitaires de France.

maternelle est un mystère qui ne cesse de me questionner. Je n'ai que quelques bribes d'informations sur sa vie entre le Maroc, la France, et la Guyane. Pourquoi mon grand-père était-il toujours absent, et pourquoi le détestait-on autant ? Pourquoi personne n'a-t-il accepté son héritage lorsqu'il est décédé ? Comment et pourquoi ma grand-mère est-elle arrivée au Maroc ? Et en France ? À quel âge ? Tant de questions qui restent aujourd'hui encore irrésolues. Avancer sans savoir d'où l'on vient, c'est un peu comme courir à toute allure les yeux bandés. L'histoire de ma grand-mère maternelle, c'est le premier grand secret que l'on m'a caché, et ce n'est pas le seul.

Il y a aussi celui de ma grand-mère paternelle, Daisy. Un jour, j'aurai besoin de comprendre. Mon enfance et mon adolescence ont été rythmées par ces deux figures insaisissables. Et puis, la sclérose en plaques de ma mère s'est déclenchée. Elle a mis du temps à m'en parler. La première fois que je vais la voir à la clinique, je ne perçois pas la gravité de ce qui lui arrive et la tradition du secret perdure. À chaque rechute[9], chaque hospitalisation, elle ne me dit rien, pour ne pas m'inquiéter. Toute la famille est de mèche. J'ai grandi

---

9. La sclérose en plaques est une maladie qui, pour certaines de ses formes, agit par poussées, avec des périodes de crises, et des périodes plus calmes. Cette maladie a aussi des formes progressives.

en extérieur, dans le bruit, pour ne pas entendre les silences qui emplissaient ma maison. Maintenant que je tends l'oreille, ce silence me paraît de plus en plus assourdissant.

Existe-t-il une nuance entre cacher son secret à la terre entière ou à quelques personnes ? S'agit-il d'une question de « poids » ? Oui et non. Plus j'y pense, plus je réalise que celle-ci est pour le moins subjective. Celui de Jade est-il plus lourd à porter que celui de Victoire ou de Sam ? Je n'en sais rien, et je ne suis pas persuadée qu'il soit utile de les classer. Jusque-là, je demandais « À qui caches-tu ton secret ? » comme un automatisme, sans y réfléchir plus que cela. C'est seulement lorsque j'ai entamé la rédaction de ce livre que j'ai réalisé l'importance de cette question, et ce qu'elle révèle des tabous, des non-dits, des interdits, et des traumatismes sous-jacents. L'incapacité de partager une intimité avec quelqu'un est la clé de compréhension essentielle. Celle-ci permet d'ouvrir la petite porte dans le fond de la pièce que ces personnes me présentent comme étant leur vrai secret. C'est grâce à cette question que j'ai découvert les secrets à étages, mais je ne m'en étais pas rendu compte. Il semblerait également que cette enquête soit en train de me faire sauter moi-même un étage. Jusqu'où remontent les racines des secrets de mon histoire familiale ?

UN SECRET EST-IL UN MENSONGE ?

> « Il divisait les êtres en trois catégories : ceux qui préfèrent n'avoir rien à cacher plutôt que d'être obligés de mentir, ceux qui préfèrent mentir plutôt que de n'avoir rien à cacher, et ceux enfin qui aiment en même temps le mensonge et le secret. »
>
> Albert Camus

Si je semble me perdre dans le labyrinthe des secrets, c'est parce que les stratégies de défense mises en place par mes interlocuteurs sont particulièrement efficaces. Le secret existe pour être protégé, c'est dans son essence même. Pourtant, le cacher n'est pas si facile. Il ne suffit pas juste de le taire, mais de vivre avec la charge de son silence et d'y accrocher un tel poids qu'il ne puisse jamais faire surface. Au cours de mes entretiens, une chose me saute aux yeux : personne n'agit de la même façon. On ment parfois, mais pas seulement. On feint aussi, on romance, on induit l'autre en erreur. Il y a une certaine créativité dans l'art de la dissimulation, un terrain libre où tout peut être envisagé, où la personnalité s'affirme d'une manière alternative. Mais jusqu'où est-il possible d'aller ?

Dans *Secret et formes sociales*, André Petitat dessine une frise chronologique de l'évolution de nos capacités à mentir, à distordre la réalité, à camoufler[10]. Dès l'âge de 4 ans, nous pouvons détenir des secrets et les préserver, à la mesure de nos moyens. Je pense à toutes les victimes d'inceste qui dès leur plus jeune âge ont appris à se taire, à masquer la vérité, comme si cela était malheureusement inné. Souvenez-vous aussi de Victoire[11] qui a tu son lourd secret durant des années. On sous-

---

10. « À l'âge de trois ans, l'enfant sait que l'adulte ne peut pas lire ses pensées, et il commence à contrôler l'expression naïve et spontanée de ses états internes. Vers trois ans également, il fait nettement la distinction entre un événement ou un objet et sa représentation mentale ; environ une année plus tard, il peut construire avec le langage une version qu'il sait fausse des événements. Vers quatre ans, la capacité de l'enfant de se représenter ses propres représentations et celles d'autrui le rend apte à induire de fausses croyances dans l'intention de modifier les représentations et par là le comportement de l'autre. »

11. Si Victoire ne parle pas de son cancer durant dix mois à ses parents, c'est parce qu'il touche son appareil reproducteur et qu'elle a subi enfant, des abus sexuels.

estime les capacités de dissimulation des plus jeunes. Le silence, on l'expérimente dès nos premières années.

J'essaie de me rappeler les secrets que je gardais enfant et les stratégies que je mettais en place pour les conserver. Je souris en y repensant tant ils me semblent aujourd'hui innocents et légers. Pourtant je les traînais comme des boulets honteux à l'époque. Comme quoi, il ne faut jamais juger le poids d'un secret qui n'est pas le nôtre, tant il s'agit d'une expérience subjective et relative qui dépend de l'âge, de la culture, et du contexte social.

À la fin de mon année de CE2, une grande fête a lieu dans mon école. Pour l'occasion, une tombola est organisée. Je la prends très au sérieux : je vais de porte en porte pour vendre des tickets dans mon quartier, une petite île dans Martigues, traversée par les canaux et que l'on appelle la Venise provençale. Avec ma mère, bien sûr, nous en achetons aussi quelques-uns. Elle m'en confie la responsabilité, mettant à l'épreuve mon étourderie habituelle. Pourtant, à trois jours de ce grand événement, impossible de remettre la main sur les tickets. C'est la panique la plus totale. Je les cherche toute la soirée d'une manière effrénée. Bien sûr, je n'en informe pas ma mère. À l'heure de me coucher, toujours pas de tickets de tombola en vue. Mon ventre est noué.

Le lendemain, à l'école, je ne pense qu'à ça. Je passe en revue dans ma tête les différents lieux de la maison où ils pourraient se trouver. Le soir, je rentre chez moi bien décidée à poursuivre ma quête, mais ma grand-mère vient nous rendre visite. Je finis par lui en parler en la suppliant de ne surtout rien dire à ma mère. J'ai besoin de lui confier ce secret, car le porter seule devient trop lourd. Elle m'apprend alors que quand elle égare quelque chose, elle a pour habitude de prier saint Antoine de Padoue. Je lui demande comment elle fait précisément tant cette idée me semble abstraite. Avec sa voix rauque, elle me récite la formule : « "Saint Antoine de Padoue, vous qui trouvez tout, retrouvez…" et là, tu insères le nom de l'objet que tu as perdu ». Je suis un peu interloquée, mais je vois cette solution comme mon dernier recours. Je n'ai jamais cru en Dieu, j'ai grandi dans une famille athée. Quand je posais la question à mon beau-père de l'existence d'un dieu, il me répondait que le soleil lui suffisait. Une fois ma grand-mère partie et tandis que ma mère s'affaire en cuisine, je récite cette formule en fermant les yeux. Une fois, deux fois, trois fois. J'attends une illumination qui ne vient pas. Alors le poids de ce secret me noue le ventre à nouveau. Le temps passe et le grand jour se rapproche dangereusement. Il ne me reste plus que vingt-quatre heures pour remettre la main sur ces fichus tickets. Dans la soirée, par miracle et surtout par pur hasard, je vois un livre dépasser un peu plus que les autres de la bibliothèque. À l'intérieur, mes tickets de tombola. Tout est réglé. Personne n'a besoin d'être au courant, hormis ma grand-mère : la fête peut commencer.

Voilà le souvenir de mon premier secret. Je n'en ai jamais parlé à ma mère. Si je le faisais maintenant, cela tiendrait de l'anecdote, surtout que j'ai fini par les retrouver ces tickets, et que je n'ai pas eu à mentir en inventant une explication bancale pour justifier leur perte. Ce secret, s'il me fait sourire aujourd'hui, m'a causé bien des sueurs à 9 ans. Pour le cacher, j'ai dû mettre en place différentes stratégies : je cherchais les tickets dès que ma mère avait le dos tourné, je faisais bonne figure en sa présence, je me suis confiée à ma grand-mère pour ne plus le porter seule, et je me suis reposée sur une formule pour me réconforter.

Georg Simmel, philosophe et sociologue allemand, est l'un des premiers penseurs à s'être intéressé en profondeur au secret. Il n'hésite pas à le confondre avec le mensonge, prenant comme dénominateur commun la dissimulation de la vérité. Selon lui, ils constituent des « techniques » sociales dites « agressives », mais dont il faut tout de même se servir. Le mensonge est, toujours d'après Simmel, un des grands progrès de l'humanité, à la différence de Kant, qui, lui, l'excluait totalement et allait jusqu'à proposer de ne pas mentir aux ennemis, même si la vie de nos proches était en danger. Cet ascétisme moral invivable et surtout dépassé, qui avait déjà été critiqué par Benjamin Constant, s'est vite essoufflé. Vladimir Jankélévitch, à l'image de nombreux autres philosophes, valorise, lui, plutôt le compromis : « Franc avec les forts, timide avec les faibles, véridique, mais pudique autant que véridique, tel est l'homme sincère. Malheur à ceux qui mettent au-dessus de l'amour la vérité criminelle de la délation ! Malheur aux brutes qui disent toujours la vérité ! Malheur à ceux qui n'ont jamais menti ! »

« J'ai une liaison depuis deux ans avec mon beau-frère »

Le mensonge comme partie intégrante du secret, je le découvre avec Marion. Lorsque l'on s'appelle, elle est contente de pouvoir se confier, mais aussi et surtout de pouvoir bénéficier des conseils d'une oreille extérieure. Pourtant ce n'est pas vraiment mon rôle. J'essaie de me cantonner à l'écoute, ou à l'orientation vers des professionnels.

Avec Marion, nous avons une conversation amicale, j'ai l'impression de la connaître depuis longtemps. Son secret, elle me le raconte sur le ton des confidences que l'on se fait tard dans la nuit.

Lorsqu'elle se met en couple avec Matthieu, elle sort d'une relation de trois ans, « et Matthieu est un peu le tampon » précise-t-elle. Entre eux, tout fonctionne, elle décide donc de rester avec, et ils emménagent ensemble en 2016. Au travail, en revanche, ça ne se passe pas très bien et Marion le vit très mal. Elle développe des TOC : elle a peur d'être malade, se lave beaucoup les mains, renifle les objets. « Matthieu n'est absolument pas là pour moi, et pire encore, il m'enfonce. » À la même période, elle fait la rencontre de Lewis, son beau-frère, qui est de douze ans son aîné. Tous deux s'entendent bien, et lui prend le temps de l'écouter, et de l'épauler.

Deux ans plus tard, en 2018, un flirt s'installe entre eux. Au départ, ils déjeunent tous les deux chez Marion en cachette, s'envoient des selfies, se complimentent, puis petit à petit, ils réalisent qu'il y a des sentiments entre eux. « On ne sait pas si c'est juste un jeu de séduction ou de l'amour. » souffle-t-elle l'air enjoué. C'est Lewis qui fait le premier pas. Un jour, il la regarde et lui dit : « J'ai une folle envie de t'embrasser. »

Arrivent les vacances, et les deux couples partent ensemble à Disney. « Avec Lewis, on est tous les deux à l'arrière de la voiture, sa femme conduit, et on commence à faire des préliminaires en silence sans que personne ne s'en aperçoive. » Elle rit. « On se voit de plus en plus jusqu'à se déclarer nos sentiments. » Mais

Lewis finit par prendre peur et ils tentent une première fois de mettre un terme à leur relation. C'est peine perdue, puisqu'une semaine plus tard, ils cèdent, se retrouvent, et partagent de nouveau un moment intime.

« En novembre 2018, je tombe enceinte et je ne sais pas qui est le père. La probabilité penche plutôt du côté de Lewis. Je décide d'avorter et Lewis m'accompagne. » Son partenaire pense évidemment que l'enfant est de lui, et s'oppose à ce qu'ils le gardent, mais il la laisse seule à nouveau dans cette période très difficile de sa vie. En 2019, les deux amants partent en escapade à Paris pour assister à un concert. « Une des sœurs de Lewis vit là-bas et nous prête les clés de son appartement pour qu'on dorme chez elle. Nos conjoints se réjouissent qu'on ait une passion commune. » Elle rit. « Ce soir-là, Lewis me dit que je suis l'amour de sa vie. Mais alors, il faut qu'il quitte sa femme. »

Je l'interroge : pense-t-elle que l'interdit participe à l'intensité de cet amour ? Elle y réfléchit quelques secondes, en silence : « Ça joue beaucoup, oui. » Je lui demande alors à qui ils cachent ce secret pour tenter de le délimiter : « Lewis s'est confié à son meilleur ami, et moi également. Sinon, tout le monde l'ignore. »

C'est assez exceptionnel que dans une structure aussi serrée que la leur, personne n'ait remarqué quoi que ce soit. N'y a-t-il jamais eu de suspicion de la part de leurs conjoints ou d'autres personnes ? « Malheureusement si » souffle-t-elle. Un matin, la grand-mère de Matthieu, qui était en vacances avec la joyeuse troupe, accuse Lewis d'être un peu trop proche de Marion. « Quand même, tu as deux filles, puis Marion et Matthieu vont se marier, tu ne peux pas faire ça ! » Lewis nie en bloc. Ils décident tous deux d'en parler à leurs conjoints respectifs, Matthieu engueule sa grand-mère, et Sabine, la femme de Lewis, prend sa défense. « Ce qui me fait mal, c'est que j'ai l'impression de passer pour la salope. Lewis, c'est l'homme parfait, le père de famille qui n'irait jamais voir ailleurs. » Je me perds dans mes pensées quelques secondes. C'est incroyable à quel point les relations entre hommes et femmes sont distordues, et à quel point le patriarcat a infusé les représentations, jusque dans le couple. Notre rapport à l'intime est indissociable des codes de la société dans laquelle nous vivons. Charlotte Pezeril[12] nous rappelle que jusqu'au XXe siècle, l'infidélité était plus sévèrement punie par la justice et la morale quand elle était commise par les épouses. Les conséquences dépassaient d'ailleurs parfois le cadre du couple : en Belgique, les prostituées et les

12. Charlotte Pezeril, « De l'inégalité de genre dans l'amour et la sexualité », *SociologieS* [En ligne], Grands résumés, mis en ligne le 13 novembre 2017. URL : http://journals.openedition.org/sociologies/6519 ; DOI : https://doi.org/10.4000/sociologies.6519

femmes condamnées pour adultère n'avaient par exemple pas le droit de vote lors des élections communales de 1920. Il n'en a jamais été de même pour les hommes. Ce rejet repose sur la dissociation qui s'opère dans le monde occidental entre « la maman et la putain ». Une femme ne devrait être que l'une ou l'autre, et à la fois, être l'une et l'autre. Ce sont toujours les mêmes injonctions contradictoires. En étant une femme, on est systématiquement discriminée pour ce que l'on est et ce que l'on n'est pas, ce que l'on fait et ce que l'on ne fait pas.

Suite à cela, Matthieu commence à avoir des doutes, mais Marion continue de nier et il la croit. « Soit il est très amoureux, soit il est très naïf. » Aux yeux de Sabine, Lewis et Marion sont juste de très bons confidents.

Comme l'écrit André Petitat, la définition générique du secret englobe deux grandes classes, celle du caché et celle du déguisé. Le secret de Marion se situe dans la seconde, car si dans la première « la restriction de l'information ne nécessite aucune modification de l'être caché », dans la seconde « le ressort du secret s'appuie sur une modulation active des apparences, de ce qui est donné à voir et à comprendre. » C'est précisément dans cette classe-là que Marion se trouve quand elle contredit l'intuition de la grand-mère, et qu'elle nie face aux doutes de Matthieu, mais aussi lorsqu'elle échange des photos éphémères avec Lewis sur Snapchat, ou qu'elle invente un week-end chez son père, pour partir à La Baule avec son amant.

Les mécanismes mis en place émanent autant d'elle que de Lewis puisqu'ils sont dans un secret triangulaire (dans lequel « deux acteurs partagent implicitement ou explicitement un secret par rapport à d'autres ou à propos d'un autre »), et parfois, cette configuration crée quelques tensions car les exigences entre elle et lui diffèrent : « Parfois, Lewis me met la pression pour que rien ne fuite. Tu vois, sur Snapchat, tu peux enregistrer les conversations afin qu'elles ne s'effacent pas. Il m'a donc demandé une fois si je pouvais faire des captures d'écran pour prouver que je n'avais rien conservé. Il m'arrive de penser qu'il me manipule et que je ne me rends compte de rien parce que je suis amoureuse. »

Les réseaux sociaux sont venus bouleverser la mécanique bien huilée de la préservation des secrets. Georg Simmel, à son époque, abordait déjà la question de la lettre[13]. Selon lui, la forme écrite est antinomique du secret puisqu'elle « objective » les contenus et les expose

---

13. Disselkamp, Annette. « Le secret et la connaissance interpersonnelle : un fondement original du lien social. » *Sociologie et sociétés*, volume 44, numéro 2, automne 2012, p. 143–163. https://doi.org/10.7202/1012924ar

virtuellement. Il y a là une tension, une contradiction forte entre l'intime et la volonté de montrer, de donner à lire. Dans la continuité de sa pensée, comme le propose Annette Disselkamp[14], les réseaux sociaux poussent à son paroxysme ce paradoxe. Il suffit d'un clic pour que tout soit divulgué au monde entier, sans filtre.

J'ai grandi dans une famille pudique. Si je n'ai pas de difficultés, enfant, à dire à mes amies que je les aime, l'histoire se complique un peu plus lorsque je rentre à la maison. Je préfère écrire des lettres. Chez moi, on se prend rarement dans les bras, on confie encore moins son affection, on ne se complimente presque jamais, et on ne montre pas ses larmes. On a d'autres façons de se témoigner notre attachement. Par exemple, je sais que ma mère m'aime à la manière dont elle parle de moi en mon absence. Je sais qu'elle m'aime car elle m'achète toujours du chocolat blanc à la noix de coco, parce que je lui ai dit une fois, il y a dix ans, que j'aimais ça, alors que finalement, entre vous et moi, ça ne me plaît pas tant que ça. Je sais qu'elle m'aime à la manière qu'elle a de vite rentrer dans la voiture après m'avoir déposée à la gare pour ne pas que je la voie émue.

Quand je commence à avoir mes premiers petits copains, à l'école primaire, j'ai du mal à montrer mon

---

14. *Ibid.*

affection. Le premier à me faire tourner la tête, c'est Roman, que je passe toutes mes récréations à contempler de loin. C'est à lui que je pense dans mon lit le soir, lorsque j'écoute de la musique au baladeur, ou en cours, à la danse, partout, tout le temps. Un jour, je me jette à l'eau en lui écrivant une lettre, ou plutôt un questionnaire. Il doit cocher les réponses qui lui semblent les mieux adaptées, et me le remettre ensuite. Ma plus grande crainte, c'est qu'il le fasse lire à ses copains. J'y pense le soir et ça me terrifie. Je n'ai jamais su s'il l'avait montré à quelqu'un. Il n'empêche que c'est le premier souvenir que j'ai de la révélation d'un de mes secrets (mon amour pour Roman), de manière écrite (le questionnaire) avec la peur effroyable qu'il soit diffusé. C'est la première fois que je dois faire confiance à quelqu'un que je ne connais pas vraiment. Ce n'est pas pour rien que depuis quelques années, Messenger a développé des conversations éphémères, de même pour Snapchat. Ces applications vous poussent à partager votre intimité en vous rassurant sur le côté fugace de ces échanges.

L'art du camouflage est complexe et n'est pas toujours une partie de plaisir. Si vivre une histoire d'amour secrète peut paraître excitant par l'adrénaline que cela procure, travestir la réalité est le plus souvent douloureux. On revêt des habits qui ne sont pas les nôtres, on adopte un langage qui nous est étranger, on invoque des raisons venues d'ailleurs à nos larmes, on enfile un masque qui nous gratte le visage, jusqu'à, parfois, oublier de l'enlever. Et s'il y a des situations particulières dans lesquelles il devient compliqué de mentir, c'est bien lorsque le secret a des répercussions physiques contre lesquelles il est impossible de lutter.

« J'ai caché ma grossesse pendant neuf mois »

Vous souvenez-vous d'Élina ? Elle m'avait bouleversée avec l'histoire de sa maternité cachée, survenue suite à un viol qu'elle avait toujours tu. Voilà un cas de figure exceptionnel de secret « déguisé », tant il semble impossible à masquer. Pourtant, autour d'elle, personne ne se rend compte de rien. Lorsque je lui demande comment elle s'y est prise, elle me répond : « Pour moi, il s'agit d'un demi-déni de grossesse. J'ai conscience d'être enceinte, mais physiquement, ça ne se voit pas tant que ça. Je vis comme si je ne l'étais pas : je continue de fumer, je porte des vêtements amples, je sors de moins en moins avec mes amis. La journée, mon bébé ne bouge pas, comme s'il savait qu'il devait être discret. Dès que je suis seule le soir dans ma chambre, en revanche, c'est la *fiesta*. Après l'accouchement, mon ventre s'aplatit instantanément, et tout mon corps redevient comme avant. Mon utérus se recontracte directement, ce qui épate les médecins. » Elle est alors confrontée à un nouveau problème. Elle doit revoir sa mère qui risque de se rendre compte qu'elle a beaucoup maigri en cinq jours. Elle continue donc de porter des vêtements amples durant les deux semaines qui suivent.

Élina doit user de plusieurs artifices pour garder son secret. Mais cela ne suffit pas, puisqu'elle doit aussi mentir sur la paternité de l'enfant, alors que sa petite voix intérieure ne cesse de lui répéter qu'il s'agit de son violeur. Les mensonges ne servent pas qu'à tromper, à manipuler, ils ne sont pas toujours des « déguisements moralement condamnables[15] », ils permettent aussi d'épargner ses proches, comme c'est le cas d'Élina dont la priorité est de préserver son fils.

Mentir pour protéger, c'est quelque chose que je connais et que j'ai expérimenté dès mon plus jeune âge, mais de manière beaucoup plus légère. J'ai 8 ans. Pour mon anniversaire, mon beau-père m'offre le DVD du film *Les Chaussons rouges*. Je suis alors passionnée de danse classique, que je pratique dix heures par semaine. Une fois rentrée à la maison, je range mon DVD et l'oublie. Quinze jours plus tard, nous nous retrouvons pour un déjeuner. Dans la voiture, il me demande si j'ai vu le film. Prise de panique et ne voulant pas le blesser, je lui réponds immédiatement « Oui ». Ravi, il entame alors

15. André Petitat, *Secret et formes sociales*, 1998, Paris, Presses universitaires de France.

une conversation, s'enquiert de mon avis, si je trouve que la danse classique y est bien représentée, et me demande ce que cela m'a inspiré. Je patauge. Je n'ai pas regardé une minute du film et je n'ai aucune idée de comment me dépatouiller de cette situation. Ce qui m'inquiète le plus, ce n'est pas de me ridiculiser en avouant avoir menti, mais de le heurter et qu'il pense que je me moque de ses cadeaux. Ces mensonges que l'on énonce pour protéger peuvent devenir très inconfortables.

Si Élina et Marion[16] détiennent des secrets qu'elles défendent en les déguisant, il n'en reste pas moins que la stratégie la plus souvent adoptée est celle du « caché », ou du non-dit, si vous préférez. Taire est parfois plus simple que de travestir la réalité[17].

« Sept ans que je sors avec lui. Mes parents n'en savent rien, car j'ai peur qu'ils me tuent. »

Hounaida est une des premières à m'offrir un secret qui est le stéréotype même du non-dit, bien qu'elle

---

16. « J'ai eu une liaison de deux ans avec mon beau-frère »
17. « Le non-dit a l'avantage du moindre effort. Cette inertie est aussi moins risquée que le mensonge, qui doit toujours compter avec la plausibilité et le soupçon. L'excuse de l'omission involontaire peut lui servir de couverture. » comme l'écrit André Petitat.

finisse par être obligée de mentir. Lors d'un long entretien téléphonique, elle me raconte la grande histoire d'amour que ses proches ignorent depuis maintenant sept ans : « Ma famille est très croyante. Je ne peux pas me marier avec une personne qui n'est pas de ma religion, ni coucher avant la cérémonie. C'est un péché, et il m'est impossible de le leur avouer au risque de me faire tuer. Il faudra bien qu'ils l'apprennent un jour, mais je ne sais pas du tout comment. Sûrement quand j'emménagerai avec lui, même si ce n'est pas pour tout de suite. Je l'imagine assez bien dans cinq ans. »

La situation d'Hounaida s'est malgré tout « améliorée » depuis qu'elle vit dans son propre appartement. Mais à l'époque où elle résidait chez ses parents, et qu'elle recevait un appel, elle devait s'enfermer dans une pièce et parler doucement. Quand elle allait chez lui, elle prétextait être avec sa meilleure amie. « C'est comme si j'avais une double vie. Résultat, je suis plus proche de ma belle-famille, et ça, ça me fend le cœur. »

Y a-t-il eu des moments où elle a failli être démasquée ? Elle hésite : « Une fois. Ma mère se doutait que je lui mentais au téléphone. J'ai été obligée de demander à ma belle-mère de se faire passer pour une collègue. Une autre fois, mon père a débarqué chez moi, et mon copain a dû se planquer sur le balcon de mes voisins. Je tremblais de tout mon corps. Quand j'ai ouvert la porte, mon instinct de survie a pris le relais et j'ai retrouvé mon calme. » Pourtant, lorsque Hounaida a emménagé, elle a choisi un bâtiment avec un interphone pour éviter ce genre de situations. Le problème, c'est que ce jour-là, c'est un voisin qui a laissé passer son père.

Pour dissimuler la vérité, Hounaida doit parfois travestir la réalité en mettant en place sa propre méthode : appels discrets, complices qui peuvent la couvrir, un appartement dans lequel elle peut contrôler les allées et venues. De manière générale, il est difficile de cacher quelque chose d'aussi important, surtout aux personnes qui nous sont proches. Il arrive toujours un moment où l'on doit inventer une histoire. Lorsque le lien est plus distant, on se permet moins de questionner l'autre, celui-ci a donc plus de facilité à ne rien dire plutôt qu'à maquiller la réalité.

« Je suis enceinte et je vais mettre mon enfant à l'adoption »

Il en est plus ou moins de même pour Zoé, qui porte un secret qu'elle aurait simplement voulu cacher. Hélas, l'omniprésence des réseaux sociaux ne le lui a pas permis, si bien qu'elle a dû le déguiser.

« En mars, le confinement vient d'être annoncé, et j'apprends que je suis enceinte. » Zoé est alors au Portugal. Avec sa mère, elles courent chez la gynécologue qui confirme une grossesse de trois mois, voire plus. « J'avais donc dépassé le cadre légal pour l'avortement. » Zoé ne peut pas partir dans un pays où le délai serait plus long, car les frontières ferment les unes après les autres. « Et puis ma mère ne pousse pas vraiment dans ce sens. » ajoute-t-elle, confuse. « Elle est contente que je ne puisse plus avoir recours à l'IVG, parce qu'elle n'est pas spécialement pour. Pour moi, c'est la panique, je ne sais pas quoi faire et je ne m'imagine pas du tout devenir maman. » Elle appelle alors son père qui vit en Belgique, et qui lui explique que les deux seules solutions envisageables sont soit d'accoucher sous X en France, soit en Belgique et de contacter ensuite une agence d'adoption. Zoé discute avec son compagnon et lui confie qu'elle ne se sent pas prête à avoir cet enfant. Lui réalise que, dans le fond, il ne l'est pas non plus.

Je lui demande quel âge elle a, mais elle ne me répond pas tout de suite. Je dois lui reposer la question une seconde fois : « 22 ans ».

Elle entame des recherches discrètement. « Ça reste un choix compliqué. » me dit-elle la voix lourde. Elle contacte différentes agences en Belgique, et échange avec une psychologue. En juillet, c'est décidé, elle rentre en Belgique pour accoucher et mettre son bébé à l'adoption. « C'est très dur mentalement, quand on ne veut pas d'un enfant, d'aller jusqu'au bout de la grossesse. » Le plus difficile pour elle, c'est le changement corporel.

Lorsque je lui demande si on peut aborder plus en détail la mécanique de son secret, à qui elle le cache, comment elle s'y est prise, elle me répond :

« À pratiquement tout le monde. Aucun de mes potes ne sait que je suis rentrée. Ma grand-mère et ma petite sœur ne sont pas non plus au courant. Il n'y a vraiment que mon papa, ma maman et les parents de mon conjoint à qui je l'ai dit. Je pense que lui en a parlé à sa meilleure amie, mais qu'il n'ose pas me le dire par peur que je réagisse mal. » Si Zoé le dissimule à sa famille, c'est par peur des jugements. « Ma grand-mère, j'ai peur de lui briser le cœur. Ma petite sœur, c'est parce que ma mère m'a demandé de ne pas lui dire, donc j'ai respecté son choix. Et mes amis, c'est que je ne suis pas sûre que tout le monde l'accepterait, et je n'ai pas envie de passer mes journées à me justifier. Je suis obligée de mentir. » Elle fait une légère pause. « Par exemple, je devais revenir en septembre pour reprendre mes études, mais j'ai prétexté un report à cause du Covid. Ces mensonges, ça m'éloigne de certaines de mes valeurs. Je dois aussi faire attention à ce que je partage sur les réseaux sociaux. » Elle rigole nerveusement. « Lorsque j'ai appris ma grossesse et que mon ventre a commencé à se voir, je n'ai plus publié que d'anciennes photos. »

Il y a quelques jours, Zoé a accouché. Ça n'a pas été facile, mais elle et son bébé vont bien. Elle n'a pas encore eu le courage d'aller lui rendre visite, elle attend d'avoir la tête reposée et les idées plus claires pour s'y confronter. Zoé aurait souhaité garder tout cela pour elle, mais les réseaux sociaux comme les relations qu'elle entretient avec ses proches ont rendu sa tâche difficile et l'ont poussée à mentir.

Nous avons tous nos techniques pour déguiser ou masquer un secret. Le mensonge n'est qu'une des options de dissimulation possibles. La question de la morale se pose parfois, même si elle ne sera pas traitée ici. Je me refuse à juger celles et ceux qui portent un secret, tant chacune des histoires comporte son lot de souffrances et de tabous, qui appartiennent à chacun. Cela dépend des armes, des moyens, du pouvoir que l'on possède, et nous ne sommes pas tous égaux face à ces choses-là.

Je pense à ma grand-mère maternelle Ambre, et m'aperçois qu'elle a toujours cultivé la tradition du caché, jamais celle du déguisé. Je crois qu'elle aurait trop de pudeur à l'idée de farder ses secrets. Je ne me souviens même pas du jour où l'on a commencé à me donner de vraies informations sur ses origines et son parcours. Ce que je me rappelle en revanche, c'est que lorsque je la questionne pour la première fois, elle n'essaie pas de travestir la réalité pour la rendre plus acceptable. Elle continue juste de se taire. Et un silence si grand, c'est parfois plus douloureux qu'un mensonge.

LES RAISONS DU SILENCE

J'ai beaucoup réfléchi à la dernière phrase du chapitre précédent. Je ne me suis jamais interrogée sur les raisons du silence de ma grand-mère, pas plus que sur celles des personnes qui se sont confiées à moi. Je me suis intéressée aux mécaniques de leurs secrets, à leur portée, leur défense. C'est peut-être parce que j'ai moi aussi appris à me taire depuis le plus jeune âge, sans creuser les raisons de mes silences, qu'expliquer ceux des autres m'est difficile. Mais plus j'y réfléchis, plus je me demande pourquoi. Y a-t-il des éléments sociaux, sociétaux, culturels, générationnels qui déterminent nos silences ? Qu'est-ce qui fait que nous avons toutes et tous des secrets ? Passer du mutisme à la parole, c'est un monde entier à détricoter.

Il semble impossible d'aborder ici tous les types de silences et leurs raisons d'être. Cependant, au fur et à mesure de mon enquête, je parviens à en identifier quelques grandes catégories. Par ailleurs, j'aimerais offrir à votre regard une nouvelle perspective : même si les histoires présentées dans ces pages racontent des trajectoires singulières, elles sont le reflet de notre société. On entre dans chaque récit par une vision microscopique, et on y trouve le monde entier, car ce qui se joue dans ces vies, c'est ce qui nous relie les uns aux autres.

Pour la plupart de celles et ceux que j'ai rencontrés, et cela me noue le ventre, le silence, imposé, passe par la culpabilisation. C'est un trait particulièrement saillant chez les victimes de violences sexuelles et d'inceste. Lorsque je m'étais entretenue avec Élina[18], ce moment m'avait marquée : « Il m'a fallu huit ans pour accepter que j'avais été victime d'un viol. Pour moi, j'étais allée au rendez-vous, et même si j'avais dit non trois fois, c'était quand même de ma faute. (...) Je ne connais pas l'identité du père de mon fils, ce qui me fait culpabiliser, car à cette époque, j'ai une vie sexuelle très, voire trop active pour qu'elle soit saine. » La raison du secret d'Élina, comme pour beaucoup d'autres, c'est le patriarcat. Je pense notamment aux femmes qui portent plainte pour des violences sexuelles, et que l'on questionne sur leur tenue, leur heure de sortie, leur « insolence ». Le système pousse à la culpabilité des victimes, et donc, à leur silence.

---

18. « Je pense que le géniteur de mon fils est mon violeur »

« J'ai été violée à l'âge de 5 ans par le voisin de ma grand-mère »

Le secret d'Élina s'ancre dans un système de silenciation des victimes qui s'accompagne souvent chez celles-ci de la peur de ne pas être crues. C'est quelque chose que je retrouve avec Chloé qui a été violée à l'âge de 5 ans par le voisin de sa grand-mère, et dont le souvenir lui est revenu dix ans plus tard : « C'est peut-être un déni. Je n'y pensais pas, mais plus les années passaient, plus je me rendais compte de ce qu'il m'avait fait. Mais je ne disais rien, parce que j'avais peur que mes parents ne me croient pas. » Pourtant, ce n'est pas à ce moment-là que l'on a transformé en secret ce que Chloé a subi. Il faut remonter au moment des faits : « J'en ai beaucoup et longtemps voulu à cet homme de m'avoir fait ce qu'il m'avait fait, mais à mes yeux, la fautive, c'est ma grand-mère. » Le jour où le drame se produit, Chloé est chez elle avec sa sœur. Elle passe dire bonjour au couple qui habite en face. Elle les connaît, elle fait souvent ses devoirs là-bas. « Je les considérais comme mes parents, on était vraiment très proches. Ils me montraient leur amour, ce dont je n'avais jamais eu l'habitude à la maison. » Ce jour-là, quand Chloé arrive, la femme est absente. Lorsqu'elle s'assoit, elle remarque que le mari commence à se masturber face à elle devant une revue pornographique. « Je me rappelle prendre le bouquin et courir jusqu'à chez ma grand-mère pour l'alerter. Mais celle-ci me reproche tout de suite d'avoir chapardé le livre, et m'ordonne d'y retourner pour le rendre. C'est là qu'il s'est passé ce qu'il s'est passé. C'était à elle d'intervenir. »

Le phénomène de silenciation commence par cette accusation de vol par sa grand-mère, qui déclenche une culpabilité : « Après ça, je n'ai plus rien dit du tout, ni à ma grand-mère – qui ne m'a plus jamais reposé de question par la suite – ni à ma sœur. » La parole est immédiatement confisquée. C'est en s'appropriant ce mouvement extérieur d'accusation que Chloé s'impose à elle-même le silence. La victime devient ainsi son propre bourreau.

« J'ai été victime d'un trafic d'enfants[19] »

Au sentiment de culpabilité peut aussi se substituer celui de l'illégitimité, ce qui est le cas d'Ellie. Elle a été

---

19. « Le trafic d'enfants est défini comme le recrutement, le transport, le transfert, l'hébergement ou l'accueil d'un enfant avec pour objectif son exploitation. Dans ce contexte, l'Organisation internationale du travail (OIT) définit l'enfant comme personne âgée de moins de 18 ans. » https://fr.wikipedia.org/wiki/Trafic_d%27enfants (Wikipédia - CC BY-SA 3.0)

victime d'un trafic d'enfants, et c'est aujourd'hui encore un secret. Je tiens à préciser que ce récit est particulièrement dur.

Il y a treize ans, Ellie danse la tecktonik et crée un groupe avec des amis. À l'époque, c'est la grande mode, et étant plutôt doués, ils sont repérés par un professionnel qui leur promet argent et reconnaissance. Et en effet, très vite, ils accèdent à une petite notoriété.

Rapidement, la joyeuse troupe s'interroge sur le comportement de leur manager. Après l'école, ils ont l'interdiction de voir leurs amis hors de sa présence. Ils doivent soit rentrer chez eux, soit répéter avec lui. « Il nous coupe en réalité du monde » précise Ellie, la voix nerveuse. Un soir, après les cours, ils se rassemblent pour en discuter. Ce qu'ils ignorent, c'est que quelqu'un les a suivis et rapporte tous leurs faits et gestes au manager. Quand il l'apprend, il menace de les virer. « On a une peur bleue, alors on s'excuse et on lui promet que ça ne se reproduira plus. » Rapidement, il comprend qu'Ellie est fragile émotionnellement et qu'elle n'aime pas se sentir à l'écart, d'autant plus qu'elle est la seule fille du groupe. Au même moment, il propage des fausses rumeurs pour le moins malsaines la concernant : « Il racontait à qui voulait l'entendre que j'avais tenté de l'embrasser, mais qu'il m'avait repoussée, que j'avais essayé de sortir avec untel ou untel, que je volais de l'argent, etc. » Ellie se retrouve ostracisée et en souffre. C'est un terrain de manipulation parfait pour son manager qui en profite pour la réconforter. « Il était comme un père pour moi, alors que j'ai déjà un papa. » ajoute-t-elle.

Leur vie change du jour au lendemain ; les gens les reconnaissent dans la rue, ils sont pris en photo, signent des autographes. Malgré la réussite, la troupe manque d'argent, ce qui oblige leur manager à faire appel à des investisseurs. « J'ai 15 ans, je suis à une soirée qu'il a organisée, et je suis ivre après avoir bu une coupe de champagne. Il me demande de monter avec lui à l'étage parce qu'il est en train de conclure un contrat et que ce serait bénéfique pour moi, qui veux fonder une école de danse, de voir comment les négociations se déroulent. En entrant dans la chambre, comme j'ai l'air fatigué, il me propose de m'allonger. Et là, je l'entends dire à son contact : “Si tu signes ce contrat, tu peux passer la nuit avec elle”. » Par chance, l'interlocuteur s'offusque et refuse. Ellie fait semblant de dormir, mais elle est sous le choc. Le lendemain, son manager l'accuse d'avoir sabordé le rendez-vous par son comportement aguicheur…

« En parallèle, il viole tous les garçons du groupe. On s'en parle de temps en temps avant les répétitions. On sait que c'est pas normal, mais on se dit aussi qu'on vit un truc fou et qu'on ne peut pas risquer de tout perdre. » Elle n'ose pas évoquer ce qui lui est arrivé. Elle se sent illégitime alors qu'elle assiste à six ou sept autres « signatures de contrats ». Certains hommes dorment à côté d'elle, d'autres tentent de la toucher, mais ils arrêtent assez vite. Il n'y en a qu'un seul qui essaie d'aller plus loin. Son manager continue d'accuser Ellie, et fait peser sur elle la responsabilité de leur manque d'argent. Ellie est de plus en plus isolée du reste du groupe au point où elle se demande si elle n'a pas vraiment eu les comportements invoqués. « À côté de ça, son emprise sur moi grandit et malgré tout ce que je subis, je ne vois qu'à travers lui. »

Un soir, ils se retrouvent dans le bar d'un de ses amis et tout dérape. En arrivant, Ellie boit un cocktail, et bascule dans un état second. Elle pense avoir été droguée à son insu. Elle me raconte : « Je n'ai que des flashs. Ce que je me rappelle, c'est qu'à un moment, je suis dans la piscine et je porte le tee-shirt d'un de mes potes, sans rien en dessous, à côté du patron qui est totalement nu. Je me sens super mal, et je sors en vitesse. Le dernier souvenir, c'est en rentrant me coucher chez mon manager. Je retrouve le boss du bar, qui a pourtant son appartement dans la même ville. Il insiste pour qu'on dorme ensemble, je refuse, je me débats, puis plus rien. » Le matin, elle se réveille habillée dans une autre chambre que la sienne, seule. Elle n'a aucune idée de ce qu'il s'est passé cette nuit-là.

À la suite de cette soirée, les propos de son manager à son égard deviennent de plus en plus malsains. « Il parle toujours d'une manière crue qui me met mal à l'aise. Je me rends compte que tout ça n'est pas normal, mais je n'ose pas m'en ouvrir aux autres. » Ellie continue à ne pas se sentir légitime, puisqu'elle est la seule, a priori, à ne pas être violée. Le déclic arrive peu de temps après. Un soir de show, un des danseurs et elle dorment chez leur manager. Au moment de se coucher, Ellie entend des cris étouffés qui viennent de la chambre à côté. Intriguée, elle s'approche, et découvre avec horreur, par le trou de la serrure de la salle de bains, que son ami est en train d'être violé. Elle donne un coup de pied de rage dans la baignoire, son manager ouvre la porte, et l'invite à les rejoindre si elle a envie de regarder. Heureusement, elle trouve le moyen de s'enfuir. C'en est trop. Le lendemain, alors qu'ils sont rassemblés chez lui, elle révèle à tout le groupe ce qu'elle a vu. « Je leur dis que ça ne peut plus durer, et que je compte le dénoncer à la police. » Mais tous réagissent d'une manière étrange et tentent de la rassurer. Contre toute attente, la réunion se transforme en procès contre Ellie. Le manager la vire, et personne ne prend sa défense. « À ce moment-là, je me tourne vers mon ami qui a été violé dans la nuit et je lui hurle que je suis en train d'essayer de lui sauver la vie, et que je ne comprends pas pourquoi il ne dit rien. Mais il détourne juste le regard en disant que j'ai mal interprété la situation. »

Ellie pense alors que le cauchemar est terminé, mais il vient en réalité tout juste de commencer. Au collège et dans la ville, plus personne ne lui adresse la parole. « On me traite de pute et de voleuse. Je reçois des menaces de mort. Je comprends que s'il ne nous autorisait à voir nos amis qu'en sa présence, c'était pour les manipuler et les garder sous son emprise eux aussi. » Ses parents ne se rendent compte de rien, au contraire, ils pensent qu'elle a sûrement dû faire quelque chose pour qu'on lui envoie ce type de messages. « Je me retrouve esseulée, tandis que les autres continuent de danser aux quatre coins de la France. »

Un jour, le manager l'appelle pour lui demander de venir récupérer ses affaires. C'est la première fois qu'elle ressort de chez elle. « J'ai peur qu'on m'assassine dans la rue. » Une fois arrivée, personne ne lui accorde un regard. Seul son manager la prend dans ses bras et lui dit à quel point elle lui a manqué. « Je suis tellement faible et encore sous son emprise que je lui demande à revenir dans le groupe ». Mais il refuse. Lorsqu'elle part, il l'embrasse sur la bouche. Une femme dans le café d'en face assiste à la scène, et s'enquiert auprès du patron du bar de l'identité de cet homme qui vient d'avoir un comportement déplacé avec une adolescente. Il lui répond qu'il n'en sait rien, mais que ça dure depuis un an. Choquée, elle appelle les policiers qui débarquent et emmènent toute la troupe au poste. Ils interrogent les garçons les uns après les autres. Ils déballent tout et décident de porter plainte.

« Comme je suis partie avant que les flics arrivent, je n'ai pas pu donner ma version de l'histoire. Mais un des membres du groupe a la présence d'esprit de parler de moi. Je reçois donc un courrier de la gendarmerie à la maison, m'invitant à venir témoigner au tribunal. » Elle parvient à l'intercepter et n'assiste pas au procès, mais peu de temps après, ses parents découvrent une nouvelle lettre dans leur boîte. Il y est écrit que leur fille est mêlée à une affaire de pédocriminalité, et que si elle a le besoin d'en parler, c'est possible. Son père et sa mère l'interrogent et elle finit par révéler que les garçons du groupe ont été violés, mais leur répète qu'à elle, il n'est rien arrivé. Ils ne creusent pas plus. « Je me demande encore aujourd'hui pourquoi » se questionne-t-elle. Ellie ne va pas à la gendarmerie pour témoigner. Elle ne se sent pas légitime « Treize ans plus tard, je ressens toujours une honte, alors que je ne devrais pas. Il a été condamné à six ans de prison, mais a été libéré au bout de trois pour bonne conduite. Je n'ai jamais parlé de ce qu'il m'était arrivé, à part à mes meilleurs amis. Aucun des garçons ne m'a recontactée, et il n'y a qu'une personne qui est venue, après le procès, s'excuser de m'avoir insultée. »

Depuis, Ellie s'est reconstruite, mais a gardé de ces événements traumatisants une peur panique du rejet et de l'abandon. Elle a donc décidé d'entreprendre une thérapie. « Ma psy aimerait que j'avoue tout ce qui s'est passé à mes parents en sa présence, mais je refuse. Je n'ai pas envie de ternir l'image de la danseuse parfaite qu'ils ont de moi, et puis, je ne veux pas qu'ils pensent qu'ils ont été des mauvais parents. »

Le témoignage d'Ellie est très dur. Elle a intériorisé en silence une échelle du tragique et a jugé que sa propre douleur n'était pas à un niveau suffisamment élevé pour être légitime. Si les garçons ne se confient pas, pourquoi le ferait-elle ? La mécanique de groupe cultive le silence. Mais au moment où la situation se dénoue et que les autres parlent, pourquoi continue-t-elle alors de se taire ? Sûrement parce qu'elle a intégré, par les critiques et la culpabilisation incessante de son manager, une honte d'elle-même si puissante qu'elle l'a coupé de tout, et notamment de la parole. Cette manœuvre, il la met en place très rapidement, en l'accusant à tort, et en l'isolant du groupe. C'est une manœuvre classique, qui pèse sur de nombreuses femmes, et qui consiste à leur faire porter le poids des violences qu'elles subissent. Le système patriarcal repose sur le silence des victimes. La parole pourrait le détruire.

J'ai été élevée dans la puissance du féminin, entourée de femmes fortes qui ont pour la plupart beaucoup souffert, mais qui par leur bravoure et leur courage sont parvenues à surmonter les obstacles. Des hommes, il y en avait très peu dans mon environnement familial : un père absent, que je voyais une fois par an, différents beaux-pères, des oncles plus ou moins distants. La figure masculine a toujours été pour moi fantomatique.

J'ai 12 ans, je suis en train de goûter dans le salon, et je me souviens de ma mère qui, pendant qu'elle s'active, m'explique que le but premier à atteindre dans la vie, c'est de ne jamais, au grand jamais, dépendre d'un mec. Vers mes 18 ans, nous sommes en voiture, nous parlons du couple, quand elle me balance en souriant « Moi, je te conseille de ne jamais emménager avec un garçon. C'est bien d'aimer avec une certaine distance. Puis au moins, il lavera ses caleçons tout seul. » Mais toutes ces femmes auprès de qui j'ai grandi, je me rends compte maintenant qu'elles se taisent aussi. Je me demande d'où vient ce silence. Ma grand-mère par exemple, se pourrait-il qu'elle ne parle pas pour préserver mon grand-père ? Ou parce qu'elle en aurait peur ? Est-il possible que ce mutisme leur ait été imposé, jusqu'à ma génération, par ce grand-père que je n'ai jamais connu ? Ce serait tout de même le comble qu'un être absent nous réduise au silence. Je n'ai jamais rencontré de fantômes autoritaires.

« J'ai peur d'avoir un orgasme »

Plus mes entretiens avancent, plus je réalise que le secret existe parce qu'il entre généralement en conflit avec une norme sociale. Alice, par exemple, détient un secret qu'elle semble partager avec beaucoup d'autres femmes, vu sa récurrence dans les messages que je reçois. Lorsque je lui propose que l'on s'appelle, je la sens très anxieuse. Elle veut d'abord s'assurer que tout sera anonyme, et ne peut me garantir que ses réponses me serviront ou m'aideront.

« Dès mes premières relations sexuelles, j'ai eu peur d'avoir un orgasme » avance-t-elle d'emblée. Pourtant, elle précise qu'elle a toujours eu des petits amis bienveillants, qu'elle n'a jamais vécu de traumatisme, mais qu'elle n'est jamais parvenue à atteindre ce point culminant. « Ce n'est pas que mes copains ne sont pas… » Elle hésite. « … bons, mais je n'arrive pas à m'abandonner. J'ai besoin de tout contrôler, tout le temps. J'entends partout qu'il faut avoir un orgasme pour prendre son pied, ça fout la pression. » Alice développe alors la sensation de ne pas être « normale » et finit par penser qu'elle ne peut peut-être pas en avoir, tout simplement. Elle a du plaisir, mais cette injonction la bloque. « J'ai l'impression de ne pas rentrer dans les codes. »

Sa parole est difficile à dénouer. Elle a sûrement peur que je la juge. Je fais un pas vers elle en lui disant que je comprends tout à fait son sentiment : on ne laisse pas les femmes prendre le temps de se découvrir, on culpabilise la masturbation féminine tout en fixant une injonction forte à la jouissance, et on préfère, comme toujours, culpabiliser les femmes. Et puis le sexe, ce n'est pas une course à l'orgasme. Je lui demande alors si elle a déjà dû simuler ou inventer des raisons pour cacher cette peur à ses partenaires.

« Simuler, pas vraiment, mais... », elle hésite, « ... parfois, quand ils me demandent si ça c'était bien passé, je n'osais pas leur dire que ce n'était pas aussi bien de mon côté que du leur. »

Ressent-elle du plaisir dans ces moments-là, ou a-t-elle l'impression de subir ? Je veux m'assurer qu'il n'y a jamais eu d'abus de consentements, ni même de viols.

« J'apprécie, mais je n'ai jamais atteint le *climax*. Je ne comprends pas trop d'où ça vient, je ne parviens pas à mettre de mot dessus. C'est une peur de l'inconnu. »

Alice craint aussi d'être ridicule, d'avoir une attitude qu'elle ne maîtrise pas. « Je n'arrive pas à en parler à mon copain, alors que je sais pertinemment que cela m'aiderait. Je suis pourtant la première à prôner la communication, mais là, ça bloque. »

J'essaie tout de suite de comprendre les raisons de son silence, pourquoi intervient-il à ce moment précis ?

« Je ne me suis jamais posé la question. Je suis assez passive pour tout ce qui touche au sexe. » Elle rit doucement. « Parfois, mon copain me demande ce dont j'ai envie, et je suis incapable de lui répondre. Je ne sais pas ce que j'aime. »

Ressent-elle de la honte ? Elle prend un instant pour réfléchir, hésite :

« Non, peut-être pas jusque-là... mais je ne me vois pas lui en parler parce que je n'ai pas de solution. »

Ici, nous ne sommes pas dans une histoire de famille honteuse, il s'agit plutôt d'une norme sociale, dans laquelle Alice ne se retrouve pas. Cela crée chez elle un sentiment d'inadaptation qui se mue en secret.

Deux jours après notre entretien, une interrogation me traverse l'esprit. Le secret d'Alice aurait-il existé y a quelques décennies ? Probablement pas. Avant la révolution sexuelle de la fin des années 1960 (en Occident), l'hétérosexualité n'était perçue que comme « reproductrice », et si les hommes pouvaient accéder légitimement au plaisir, il n'en allait pas de même pour les femmes. En se réappropriant leur corps, et en revendiquant leur droit à la jouissance, elles ont porté un sacré coup à la société patriarcale. Le revers de la médaille, c'est que la balance penche parfois très lourd de l'autre côté. On a tendance à penser aujourd'hui qu'il faut jouir à tout prix pour se sentir libérée. Pourtant ce n'est pas si évident, et comme toute injonction forte, il y a des laissées-pour-compte, surtout avec une éducation sexuelle qui pêche par sa quasi-absence. L'histoire d'Alice ouvre dans l'enquête une nouvelle perspective, celle du secret « contextuel ». Dans le passé, il aurait pu être : « Je suis une femme et j'ai des orgasmes ».

Les secrets sont des témoins puissants de notre époque. Quand je pense à la question « Pourquoi ce silence ? » et à Alice, je pourrais répondre « Parce que la société, la norme sociale ». Celle de jouir, d'être libérée, de prendre son pied, de frôler l'extase, de la saisir à pleines mains, d'en être l'actrice principale. Mais qu'est-ce qu'on ressent lorsqu'on ne rentre pas dans le cadre ? De la honte, souvent suivie d'un sentiment d'inadaptation. Deux émotions qui poussent à se taire, et il y a malheureusement beaucoup de femmes qui se taisent.

Le secret d'Alice présente un autre aspect intéressant, car si elle a peur d'en parler, c'est aussi parce qu'elle n'a pas de solutions pour « régler » ce qu'elle considère être un problème. La parole ne peut être performative, il n'y a que le silence, chez Alice, qui semble l'être. Et puis, verbaliser la chose serait la faire exister. Faire cette confidence à son partenaire, reviendrait à la placer entre eux, et potentiellement à créer une pression nouvelle qui viendrait cette fois de lui, ajoutant une injonction à celle qu'elle se met déjà.

Des secrets dits « contextuels », j'en reçois beaucoup. De plus en plus. Peut-être le sont-ils tous d'ailleurs. Tous sont les fruits de notre époque et ne peuvent être lus que par ce prisme. Il faudrait réécrire un livre similaire dans trente ans, et le comparer à celui-ci. Certains secrets apparaîtraient alors désuets ou incompréhensibles. Nous sommes les produits de la société dans laquelle nous vivons. Nos peurs, nos hontes, nos tabous, sont aussi culturels. Tout comme nos silences et nos secrets. Je pense d'ailleurs à celui que l'on a caché toute sa vie à Daniel concernant l'identité de son propre père. Il est persuadé que celui-ci était un nazi durant la Seconde Guerre mondiale. Aujourd'hui, alors que le souvenir de cette guerre s'éloigne, on oublie qu'à l'époque les Françaises qui avaient des relations avec des Allemands étaient tondues sur la place publique. C'est en remettant l'histoire dans son contexte que l'on peut comprendre le raisonnement et l'état d'esprit de cette femme qui a dû se taire toute son existence, et faire promettre à sa sœur d'emporter son secret dans sa tombe, alors même que l'époque a changé.

Cette avancée dans mon enquête m'amène à considérer les silences de ma famille avec moins de douleur. Pendant longtemps, je n'ai pas compris pourquoi un tel secret entourait la vie de ma grand-mère paternelle, Daisy. Maintenant, je réalise que je ne peux pas juger les silences des miens avec mes codes d'aujourd'hui.

Je ne me rappelle pas du jour où j'ai appris que ma grand-mère ne l'était pas vraiment. Je me souviens en revanche de celui où j'ai découvert les raisons de sa mort. Nous sommes en plein mois de juillet, je dois avoir 19 ans. Nous dînons en famille chez ma grand-mère de cœur, sur la grande terrasse de son appartement. Entre le plat et le fromage, elle commence à me parler de Daisy. Elle la décrit avec beaucoup d'admiration et une émotion particulière dans le regard et dans la voix. Je pense que l'amour qui a lié Daisy et mon grand-père la bouleverse. Au départ, elle est hésitante. Je n'ose rien dire tant je sais que ces mots sont précieux. Il fait très chaud ce soir-là, et l'ivresse semble gagner tous les convives autour de la table. La conversation avançant, je finis par apprendre que ma grand-mère s'est suicidée. C'est un choc pour moi. Daisy était fragile et anorexique. Elle fumait et buvait du café à longueur de journée. C'est plutôt raccord avec la photo que mon grand-père m'avait montrée. On me confie aussi que c'est un chagrin d'amour recouvert par un lourd secret qui l'y a poussée. Elle ne m'en dira pas plus. Mais le soir, en me glissant dans mon lit, cette idée m'obsède.

« Je suis fétichiste des pieds »

Basile cache aussi un secret qui défie la norme : son fétichisme des pieds. Il a beaucoup réfléchi à son histoire avant de m'appeler, si bien que nous avons pu détricoter ensemble la manière dont son secret s'est formé, ainsi que les sentiments qui l'ont poussé à se taire. Je dois toutefois l'encourager plusieurs fois, car il a peur que je le juge. Le tabou est très présent dans son esprit. Je le rassure autant que je le peux, mais je comprends ses craintes. Les secrets touchent tellement à l'intime, à la pudeur et la honte, que ne pas avoir d'appréhension serait étonnant.

Le plus vieux souvenir que Basile ait remonte à l'âge de 3 ou 4 ans. Il s'amuse dans une aire de jeu, quand une petite fille s'élance depuis une plateforme en hauteur, et lui met son pied dans le visage. « Je reste pendant dix minutes au même endroit, sans bouger, en espérant qu'elle fasse le tour et qu'elle saute à nouveau.

Ça me fait un effet que je n'avais jamais ressenti auparavant. » avance-t-il la voix hésitante. « Le fait que ça arrive si tôt prouve que cet intérêt n'est pas purement sexuel. » Basile vit plusieurs expériences similaires durant son enfance, puis un jour, vers 10 ans, il tombe sur une vidéo en ligne, que l'on pourrait qualifier de fétichiste, et le contrôle parental ne la censure pas. Une femme tient un homme en laisse et le force à lécher ses pieds. Il éteint l'ordinateur et court dans le jardin où il tourne en boucle pendant 10-15 minutes en se répétant « C'est pas grave, tu vas oublier, tu as fait une bêtise, il fallait pas faire ça. » C'est à cet instant que son secret commence à se former, même s'il n'en a pas conscience. « Encore aujourd'hui, à 22 ans, je me souviens de cette vidéo dans les moindres détails. » ajoute-t-il.

Le secret de Basile remonte à loin, et il est directement relié à ce sentiment d'avoir transgressé un interdit. Avec le temps, la culpabilité va se muer en honte, et s'accompagner de la désagréable sensation de ne pas être « normal ».

« La découverte de mon fétiche intervient avec mes premières petites amies. » Lorsque celles-ci retirent leurs chaussures avant d'entrer, Basile reste comme hypnotisé par la vue de leurs pieds nus ou de leurs chaussettes. Puis il devient anxieux et panique. « Ça me fait l'effet d'un garçon de 14 ans face à une fille qui enlève son tee-shirt. »

Sur le moment, il ne sait pas comment réagir. Avec ses premières petites copines, il a tendance à embrasser autant la bouche que les épaules, pour pouvoir descendre jusqu'aux pieds. Quand il y parvient, il a toujours peur qu'elles lui fassent une remarque, ce qui arrive parfois. « Dans ces moments-là, je fais de mon mieux pour ne pas gêner la personne. Je veux qu'elle soit à l'aise, parce que je ne pourrais pas l'être moi-même si ce n'est pas le cas. »

Finalement, sa petite amie actuelle s'en rend compte et finit par lui poser la question. C'est la première fois qu'il le verbalise.

« Je sais que beaucoup de gens détestent les pieds parce que "c'est pas beau", ou que "ça pue", mais mon corps me dit autre chose. Pour lui, c'est une zone très attirante. Les odeurs par exemple, c'est culturel. Pour certains, il y a des plats qui sentent très fort, alors que pour d'autres non. Tous les sens que je développe par rapport aux pieds féminins me plaisent. C'est comme ça que j'ai pris conscience de mon secret. Je n'ai jamais pu l'assumer au grand jour, mais j'avais besoin que ma partenaire le sache. »

Le secret de Basile n'existe que parce qu'on le juge extérieur à la norme. Cela apparaît très clairement, surtout lorsqu'il m'explique que voir des personnalités assumer le même penchant que lui le rassure. Basile met ce tabou sur le compte du patriarcat : « En général, ça concerne plutôt les hommes. Le féminisme a libéré la parole des femmes, mais il n'y a pas encore vraiment d'équivalent masculin. J'ai l'impression que les mecs ont tendance à se renfermer au lieu de parler, et je trouve ça dommage. Moi, j'adorerais communiquer dessus et rassurer les gens qui vivent la même chose que moi. »

Comment gérer son désir lorsqu'il est orienté vers une partie du corps socialement dénigrée ? C'est une question que Basile se pose au quotidien : « Hier soir, par exemple, je regardais une série, et à un moment, l'actrice était en chaussettes. J'ai loupé toute la scène tellement j'étais obnubilé par ses pieds et j'ai directement remis en arrière pour revoir le passage. C'est un sentiment de bien-être dans l'entièreté de mon corps, et pas forcément d'un point de vue sexuel » précise-t-il.

Aujourd'hui, Basile partage son secret avec sa mère, quelques amis, sa partenaire et quelques autres avant elle. Le reste de son entourage ignore tout de sa pratique :

« Ça a déjà été très compliqué pour moi de leur en parler. Quand tu m'as écrit pour me demander plus d'informations, j'étais avec plein de gens, du coup je leur ai dit que je partais à la cantine alors qu'elle était fermée, pour pouvoir t'envoyer un long message. J'avais peur que quelqu'un lise par-dessus mon épaule. Cette inquiétude que les autres le découvrent me pèse énormément. »

Si pour Alice[20], ce sentiment d'être « hors norme » a entraîné une crainte de la différence qui se matérialise par une dépréciation personnelle, chez Basile, cela a provoqué une vive culpabilité, doublée d'une honte permanente associée à la peur du rejet. Mais l'histoire de Basile met en lumière un autre paramètre important dans la formation d'un secret : l'appartenance sociale. C'est vers la fin de notre entretien qu'il aborde ce point.

« J'ai grandi dans un milieu aisé. Je suis privilégié, je n'ai pas d'excuses. Parfois je me sens comme un monstre. »

Comment notre environnement impacte-t-il ce que l'on pourra dire ou au contraire garder sous silence ? Basile est la première personne à aborder cette question spontanément. Il semble que, chez lui, son milieu ait renforcé le poids qui pèse en démultipliant sa honte et sa culpabilité. Il se sent inadapté, et considère qu'il n'a aucune excuse pour l'être, puisqu'il a toujours été privilégié. J'ai l'impression qu'il aimerait trouver des raisons

20. « J'ai peur d'avoir un orgasme »

« légitimes » à ce qu'il définit comme une déviance. C'est peut-être la norme sociale qui est à déconstruire, pour se rendre compte qu'il s'agit probablement moins d'en sortir que d'assumer une différence. Le remède au secret, je le vois dans l'éducation à l'altérité, à la diversité.

Ce que je retiens de ma conversation avec Basile, c'est ce besoin de se protéger. C'est d'ailleurs un trait commun à tous mes entretiens. Si l'on cache, c'est avant tout pour se préserver soi et ceux que l'on aime.

En écrivant cela, je pense à ma mère, et cela me fait du bien. Je réalise que dissimuler sa maladie a sûrement été, pour elle aussi, une façon de ne pas paraître fragile. Ça a été également une manière pour elle de me préserver et pendant longtemps ça a plutôt bien fonctionné puisque je ne me suis rendu compte de rien. Je me souviens d'un été, je dois avoir 11 ou 12 ans, et nous partons en vacances en famille à Gassin, près de Saint-Tropez. Le trajet en voiture me semble interminable. D'autant plus que sur la route, nous avons droit à un contrôle de police suivi d'une amende, car je ne n'ai pas mis ma ceinture de sécurité. Ça ne commence pas très bien… Une fois arrivés, nous avons le temps de faire quelques brasses dans la piscine avant d'aller manger. J'aperçois à la table d'à côté un garçon qui semble avoir mon âge et dont je me rappelle encore le sourire. Les vacances ne s'annoncent finalement pas si mal. Je ne me rends pas compte que tout au long du repas, il y a un malaise, et que notre dîner est raccourci. Dès le plat fini, nous retournons chercher nos valises à peine ouvertes, et reprenons la route de la maison. Je ne pose pas de questions. De même, quelques jours plus tard, quand je pars vivre chez ma grand-mère. J'y trouve même mon compte, je peux me coucher à l'heure que je veux et manger de la glace à la vanille à tous les repas. Je n'ai presque pas envie de retourner à la maison. Des années après, j'apprendrais que lors de ce premier dîner de vacances, la moitié de la bouche de ma mère était restée paralysée. Mon beau-père s'en était aperçu en voyant les aliments tomber sur la table. Elle faisait en réalité une poussée de sa maladie qui nécessitait une hospitalisation et des perfusions immédiates : c'est la raison pour laquelle nous étions rentrés en catastrophe. Elle ne me l'a jamais vraiment dit et je n'ai jamais trop creusé non plus. Ce sentiment de culpabilité qui m'habite depuis tout ce temps fait-il désormais partie intégrante de ma personnalité ? Résulte-t-il de ces secrets ? Je le pense de plus en plus.

Perdre ma mère est la pire de mes craintes. J'ai 8 ans, et elle travaille en horaires décalés. Tantôt la nuit, tantôt le matin. Chaque fois qu'elle quitte la maison sans que je lui aie dit que je l'aimais, je ne peux m'empêcher de m'imaginer que quelque chose va lui arriver. Je suis assaillie par des angoisses immenses et je dois me raisonner de longues minutes avant de pouvoir me calmer. Avec le temps, cette peur s'est estompée et je ne ressens plus ce besoin lorsqu'elle part. Non pas parce que je ne l'aime plus, mais parce que les années m'ont fait oublier comment dire « je t'aime » à ma propre mère.

« J'ai un frère, mais nous avons été placés dans deux orphelinats différents »

Miléna, avec qui je viens de raccrocher, me permet de répondre à ce « pourquoi le silence ? » d'une nouvelle manière : elle porte son secret par superstition.

Miléna est d'origine russe. Elle a toujours su qu'elle avait été adoptée à l'âge de 3 ans. Sans être tabou, c'est un sujet dont sa famille parle peu, voire pas. Enfant, elle pose des questions, mais sa mère reste évasive avant, petit à petit, de céder. Elle apprend alors que sa génitrice l'a eue à 16 ans, et qu'elle l'a confiée un an plus tard à une connaissance. Elle n'est jamais revenue la chercher. Miléna finit donc par être placée à l'orphelinat.

Miléna rêve souvent qu'elle a un frère. Depuis toute petite, cette idée est ancrée en elle. Un jour, elle en parle à sa mère qui lui confirme qu'elle en a bien eu un, d'un an plus jeune, lui aussi abandonné. « J'ai toujours voulu avoir un frère, et c'est ça mon véritable secret. » me dit-elle d'une voix franche. Elle souhaite alors tellement le retrouver qu'elle préfère le taire pour que cela se réalise. « Comme pour un vœu, je me suis dit "si j'en parle, ça n'arrivera pas". Pourtant, je ne suis pas du tout superstitieuse, j'ai juste des petites habitudes. À chaque fois qu'on me demande si je suis fille unique, je réponds oui, mais il y a toujours une voix dans ma tête qui dit non. L'adoption, ça fait partie de ma vie. Mon frère, c'est mon secret. »

Lorsque je raccroche avec Miléna, je souris, car je ne m'étais pas du tout imaginé que son histoire s'articulerait de cette manière. Alice se tait pour fuir sa difficulté à accéder à l'orgasme ; Miléna, elle, pense trouver dans le silence l'accomplissement de son souhait le plus cher. Je me suis toujours dit que le mutisme était une prison qui démolissait des vies. Je me rends compte aujourd'hui qu'il peut y avoir une forme d'espoir dans le silence.

Ce matin, je me réveille après avoir écrit hier soir tard cette phrase dans mon lit, et je crois que c'est peut-être ce que je vis en ce moment. Ce livre, dans lequel je dévoile de plus en plus mon intimité et celle de ma famille, est en train de devenir lui-même un secret. Je n'arrive pas à dire à ma mère que je parle autant d'elle à l'intérieur. Je lui partage mes avancées, sans évoquer la place centrale qu'elle y occupe. De même pour mes grands-mères. Je ne leur cache pas pour leur faire une surprise. J'ai surtout peur que leurs réactions me découragent. Je veux aller au bout de l'écriture de ce livre sans que l'on me coupe l'herbe sous le pied. Parfois je me demande pourquoi je m'aventure sur ce terrain-là. Toutes ces personnes que je rencontre témoignent sous couvert d'anonymat, ce qui n'est pas mon cas. Mais je crois que j'ai un besoin viscéral de connaître mon histoire, pour exorciser notre passé familial et m'en délester, et cette libération, elle passe par le secret pour le moment. Finalement, je ne suis pas tant éloignée que ça de Miléna.

« J'ai été violée au sein de l'armée »

Aujourd'hui, je me suis longuement entretenue avec Léa. J'ai beaucoup de mal à ne pas ressentir de colère à l'écoute de son témoignage. La violence à laquelle elle a fait face n'est pas seulement sexiste et misogyne, elle est institutionnelle et institutionnalisée.

Léa est militaire depuis deux ans et demi quand elle passe la soirée avec des cadres d'un peloton différent du sien qui rentrent de mission. Fatiguée, elle part se coucher dans la chambre à côté, car ses collègues ne veulent pas quitter la sienne. Dans la nuit, elle se réveille en sursaut. Un des hommes de la soirée est en train de la pénétrer avec ses doigts. Elle le repousse et, traumatisée, sort de la chambre en furie. Le lendemain, elle lui écrit qu'elle ne souhaite plus le voir. Il lui répond qu'il est désolé, qu'il n'avait pas mesuré la gravité de son geste.

Léa en reste là, mais elle y repense tout le week-end. Le lundi matin, elle retourne au travail, mais elle n'est pas sereine. Elle demande alors à aller à l'infirmerie du régiment, et c'est le médecin qui, le premier, met le mot « viol » sur ce qui lui est arrivé. Il lui prescrit un arrêt maladie d'une semaine pour qu'elle se repose et pour lui laisser le temps de décider si elle veut porter plainte, ou non. Très vite, ses supérieurs lui imposent de justifier son absence. Elle finit par craquer après un interrogatoire de plus de vingt minutes. « Je réponds que j'ai été violée, et là, gros blanc. Plus personne ne parle. Moi, je me rends compte que j'arrive à le formuler pour la première fois. »

À partir de ce moment-là, la machine s'emballe. Elle doit rédiger une dizaine de comptes rendus pour expliquer ce qui s'est passé. On la force à recommencer : selon ses supérieurs, elle ne va pas assez dans le détail. « Sauf que pour moi, c'est très compliqué... » Le soir, elle porte plainte. Elle rentre tard, après s'être rendue à l'hôpital faire des examens gynécologiques. Le lendemain, alors qu'elle est censée être en arrêt maladie, on lui signale que si elle ne se présente pas, elle sera considérée comme déserteuse. « La colère monte en moi, d'autant qu'on me fait venir pour rien. Je reste dans le bureau toute la journée sans voir personne. » Le surlendemain, on lui demande de nouveaux comptes rendus, écrits et oraux. Elle est accusée de mentir, de dénoncer cet homme pour l'argent, et pour nuire à sa carrière. « L'acte en soi était difficile à vivre, mais ces mots le sont encore plus. » précise-t-elle la voix fébrile.

Léa fait alors appel à un organisme de protection de la mixité dans l'armée. Une enquête interne a lieu. Elle s'avère d'une extrême dureté. C'est une femme qui fait partie de son régiment qui la mène. Elle pense qu'elle sera plus compréhensive, mais il n'en est rien. À la fin de la confrontation avec son violeur, celui-ci conclut en disant que de toute façon, lui s'est excusé, donc qu'il ne voit pas pourquoi elle est allée porter plainte. « Là je réalise qu'ils sont en train de me mettre la pression pour que je la retire. Après ça, j'ai pris un arrêt maladie longue durée. Je ne pouvais plus rester dans ces conditions-là. »

À l'écoute de ce témoignage, je suis atterrée et en colère. Je lui demande si à compter de ce moment, ils la laissent enfin tranquille. Elle me répond immédiatement :

« Non, ils continuent de me harceler en m'envoyant des bulletins de sanction chez moi parce que je n'avais rien à faire dans sa chambre à lui. C'est un cadre et moi, je suis militaire de rang. J'accepte le verdict. Ce qui ne passe pas, en revanche, ce sont ces courriers à mon domicile. Je n'ai rien dit à mes parents, je dois donc me justifier. Le fin mot de l'histoire, c'est quand même qu'il a porté plainte contre moi pour diffamation. »

Rester calme face à une injustice pareille est difficile. À la violence de l'acte, s'ajoute celle de l'institution : le doute, les questions, la confrontation et parfois même, comme ça a été le cas de Léa, les menaces et les injures. J'essaie maintenant d'aborder plus en profondeur la notion de secret dans son histoire. Je lui demande si elle a pu en parler à des collègues ou des proches :

« Non, les seules personnes à qui je me suis confiée n'ont pas voulu témoigner. Ce sont mes amies, elles sont toutes dans l'armée, mais elles ont peur des répercussions. Ici, il ne vaut mieux pas avoir d'histoires, sinon ta carrière est fichue. »

Pourtant, elles ont déjà été confrontées à ce genre de problème. L'année passée, Léa et une de ses collègues avaient été filmées à leur insu tandis qu'elles prenaient leurs douches. Les vidéos avaient tourné, elles avaient été forcées à porter plainte, et comme le responsable avait avoué, on les avait crues. Elle ajoute même : « Je sais que dans le régiment, je ne suis pas la première personne à avoir été violée, abusée ou agressée sexuellement et à témoigner. »

Comment vit-elle le fait de ne pouvoir se confier à personne ? Elle réfléchit quelques instants :

« Dans un premier temps, ça m'a permis de me préserver. Au début, j'ai consulté des psychologues. Concernant mon entourage proche, c'est compliqué parce que mon père était dans l'armée, et que mon frère l'est aussi. J'ai peur de les décevoir, mais surtout qu'ils ne me croient pas. » Je la comprends. C'est une chose de voir sa parole mise en doute par ses supérieurs. C'en est une autre lorsqu'il s'agit de sa propre famille.

Dans quelle mesure le fait que cela se soit passé dans un cadre professionnel et dans une institution comme l'armée française l'a poussée à dissimuler ce qui lui était arrivé ? Elle marque un temps d'arrêt plus long que le précédent avant de poursuivre, la voix hésitante :

« Je ne voulais pas me les mettre à dos. Ils ont le pouvoir de détruire ma carrière, ici ou ailleurs. Pour autant, je n'ai plus envie d'y rester. C'est un système qui fonctionne à la tête du client, et puis, on ne l'appelle pas "la grande muette" pour rien. »

Le secret de Léa ouvre une nouvelle perspective dans l'enquête, et celle-ci n'est pas réjouissante. Le silence ne vient pas d'elle. Il lui est imposé par sa hiérarchie. Elle se tait pour ne pas ruiner sa carrière, et pour ne plus subir de pressions de la part d'une institution.

J'ai du mal à clore ce chapitre. Il pourrait constituer à lui seul un livre. Il existe autant de raisons au silence qu'il y a d'humains et de manières d'être au monde. Ce que je sais, c'est que le silence rend la plupart du temps l'exercice de la vie difficile, si ce n'est insurmontable. Si vous vivez, parlez.

LES RÉPERCUSSIONS DU SECRET

À 15 ans, du jour au lendemain et sans raison particulière, une douleur très vive se déclenche dans mon épaule droite. Je dois sans cesse la déboîter pour la soulager. Cela me lance de plus en plus régulièrement, sans que je ne puisse rien y faire. Les moments où le lancinement s'intensifie, c'est quand je suis seule dans mon lit et que je n'arrive pas à m'endormir. Alors, je me tortille dans tous les sens pour trouver une position dans laquelle je la sentirais moins. Puis petit à petit, cette douleur s'immisce dans mon quotidien. Au cinéma par exemple, si j'ai le malheur d'y penser durant la séance, je n'arrive plus à me concentrer sur le reste du film. Je finis par en parler à ma mère. J'imagine qu'il s'agit d'une blessure due à la danse classique. Je passe une radiographie, une échographie, rien d'anormal. Le diagnostic tombe alors : il s'agit d'une douleur psychosomatique. Il est vrai que celle-ci n'intervient quasiment que dans des moments de stress, d'anxiété ou de vide.

Ma mère m'apprend des techniques de relaxation pour remplacer cet automatisme par un autre, mais je n'y parviens pas. Un soir, je suis seule dans mon lit, et j'essaie de ne pas déboîter ou étirer mon épaule, mais c'est impossible. Trente secondes plus tard, me voici en train de gesticuler dans tous les sens pour trouver une position plus confortable. Plus j'y pense, plus mes angoisses s'intensifient : et si demain ça s'étendait à mon genou ? Puis à mes poignets ou mes chevilles ? Et si je perdais le contrôle de mon corps ? Cette douleur, je suis persuadée qu'elle n'est pas seulement dans ma tête. Je la ressens dans ma chair. J'ai honte qu'elle se matérialise à ce point et de n'avoir aucune maîtrise dessus. Au moment où j'écris ces lignes, je contracte mon épaule plusieurs fois.

Là où cela commence à vraiment me poser problème, c'est lorsque je rentre avec des garçons qui me plaisent. J'ai peur qu'au moment où on se glissera dans le lit, et que je poserai ma tête sur eux, je ressente cette fichue douleur et que je sois obligée de me tortiller dans tous les sens. Je n'imagine pas une seule seconde devoir le leur expliquer. J'ai l'impression que cette fragilité est un immense tue-l'amour. Je n'en parle à personne, à part à ma mère. Avec le temps, mes amis très proches s'en aperçoivent. On en discute, mais j'éprouve toujours une honte que j'ai du mal à masquer. J'ai tellement l'habitude de tout contrôler dans ma vie que le fait que mon propre corps m'échappe me rend très vulnérable. Ce secret, que je porte depuis quinze ans maintenant, a eu plusieurs répercussions dans ma vie. Il m'a isolée et ce faisant, il a décuplé mon anxiété. Il m'a fait redouter les moments d'intimité, et m'a amenée à adopter des comportements bizarres avec des proches, plutôt que de leur expliquer la situation. Mais surtout, j'ai depuis perdu confiance en mon corps, que j'envisage comme dissocié de ma personne et sur lequel je semble n'avoir aucun contrôle.

Le secret est un exercice solitaire qui a pourtant la capacité d'impacter plusieurs existences. Cela peut entraîner des dommages plus ou moins graves, liés aux conséquences de la révélation ou de la dissimulation. J'aimerais d'ailleurs que vous vous posiez la question des répercussions que ceux que vous portez ou que l'on vous cache ont déjà eues sur votre vie. Camillo Loriedo et Gaspare Vella[21] dressent une liste des impacts possibles des secrets qu'ils qualifient de toxiques. Ceux-ci vont, pour les détenteurs, de la crainte d'être découvert à la perte de confiance dans les autres, voire au sentiment d'impuissance, et pour les destinataires, de la dépendance au ressentiment, jusqu'à la peur d'être démoli. Les

21. Camillo Loriedo et Gaspare Vella, « Secrets et système familial : protection ou préjudice ? », *Cahiers critiques de thérapie familiale et de pratiques de réseaux*, vol. n° 33, no. 2, 2004, pp. 11-34. Traduit de l'anglais par E. Goldbeter.

répercussions ne sont pas toujours visibles. La plupart du temps, elles agissent à l'intérieur. Il est difficile d'en faire part puisqu'elles sont verrouillées par le silence.

« J'ai une relation secrète depuis deux ans avec un ami que l'on cache à nos partenaires respectifs et au reste du monde »

Les secrets laissent des traces, même après qu'ils ont été révélés. Ce qui revient le plus souvent, c'est ce sentiment d'isolement que je croise autant chez Albane, que chez Eden, que nous évoquerons par la suite.

Après des années d'amitié, Paco fait un jour sa déclaration d'amour à Albane. Ils sont à ce moment tous les deux en couple, et commencent à entretenir une relation passionnée et secrète, faite de messages et d'entrevues volées, qu'ils cachent non seulement à leurs partenaires respectifs, mais également à tout leur groupe d'amis. L'amour grandissant qui les lie devient leur secret.

Et chez Albane, celui-ci semble être une barrière à l'empathie. « Je ne peux rien dire de ce que je traverse, de ce que je subis, ni de ce que je ressens. » avance-t-elle la voix calme. « J'ai l'impression que ça renvoie une image faussée de moi : celle de quelqu'un de déprimé en permanence, alors qu'en réalité beaucoup de choses me pèsent dont je ne peux parler à personne. Je sais que si je vais boire un verre par exemple, je ne vais pas être pleinement dans la conversation parce que j'ai le cœur lourd. Dans ces conditions, je préfère rester chez moi. » Comme Albane ne peut pas partager son secret, elle ne se sent pas entendue. Le sentiment d'isolement est si fort qu'il en vient à modifier ses relations. Le monde se divise désormais en deux pour elle : d'un côté, les (rares) personnes qui sont au courant et qui sont en mesure de la comprendre, et de l'autre, celles qui ne le sont pas et qui lui sont donc étrangères. Le secret crée une rupture sociale par la sensation d'éloignement.

« *Ma mère a fait son* coming out *lesbien après avoir quitté mon père* »

Puis, je fais la rencontre d'Eden, qui vient m'apporter un nouvel éclairage. Il y a quinze ans, elle a vécu comme une honte la rupture entre ses deux parents, suivi du *coming out* homosexuel de sa mère, qu'elle a tout fait pour dissimuler. À l'école, elle est moquée parce qu'elle a des taches de rousseur, cinq kilos en trop, et des chaussures pas comme il faut. Si les autres élèves apprenaient en plus que sa mère est lesbienne, qu'est-ce qu'il adviendrait, alors qu'ils rient déjà des quelques personnes qui se déclarent gays ?

Eden évoque son sentiment d'isolement et les conséquences que cela a eues sur sa vie : « Mes secrets m'ont empêchée de m'ouvrir, et de fréquenter des garçons. Je faisais en sorte de foirer mes relations parce que je savais qu'arriverait le moment où j'allais devoir révéler ce pan de mon histoire, et j'avais peur d'être rejetée. Mentir aux autres c'est très lourd à porter, ça m'a créé énormément d'angoisses. »

L'isolement qu'a vécu Eden a eu un effet de sabotage social sur sa propre vie. Son témoignage rejoint d'ailleurs celui d'Albane lorsqu'elle aborde l'image que cela renvoie d'elle et le manque d'empathie auquel elle a dû se confronter : « Ce secret a eu un impact sur ma santé mentale. J'étais souvent dans mes pensées. J'ai grandi adolescente avec une certaine déprime, et une colère envers ma mère et moi-même, qui me rendait désagréable. Certains potes me disaient que j'étais super chiante, que je faisais tout le temps la gueule. Dans ces moments-là, personne ne sait ce que tu vis, donc les gens ne comprennent pas. »

Le fait de taire la vérité a aussi entraîné chez Eden une vive culpabilité : « Je faisais un parallèle entre le secret et le mensonge alors que les deux ne sont pas forcément liés. J'ai commencé à mentir quand on m'a demandé si ma mère avait refait sa vie, et avec qui. Je vivais avec l'espoir que sa relation s'arrête pour ne plus avoir à porter ce secret. Ça me rendait dingue de ne pas pouvoir me confier à mes meilleurs amis, mais c'était le seul moyen que j'avais trouvé pour m'en sortir. Aujourd'hui, certains proches l'ignorent encore. Je pense à deux personnes en particulier qui me sont chères, et je me dis que lorsqu'elles l'apprendront, elles vont beaucoup m'en vouloir. » Eden est devenue otage de ce mensonge qui autrefois la protégeait. « Si j'étais à leur place, j'aurais beaucoup de peine, pas pour moi en tant qu'amie, mais que ma copine ne me fasse pas assez confiance pour me révéler son secret ». Grâce à une psychanalyse, entamée il y a cinq ans, Eden commence à se défaire de ce blocage.

Aujourd'hui, Eden se sent plus libre d'évoquer ce sujet, parce qu'elle a mûri, et que la société a évolué. Elle s'est rendu compte que les gens n'en faisaient pas tout un drame lorsqu'elle en parlait. Elle ajoute ainsi la notion de durée à ma réflexion : les répercussions sont aussi liées à l'importance variable que le secret prend au cours d'une vie.

Cette idée, je la retrouve également dans le secret d'Élina[22]. Elle s'est aperçue qu'elle avait été violée neuf ans après les faits, grâce au mouvement #MeToo. Depuis, les choses se sont précipitées. Le délai de

22. « Je pense que le géniteur de mon fils est mon violeur »

prescription étant fixé à dix ans en Belgique, il ne lui reste donc qu'un an pour se décider. Ce temps resserré agit comme un accélérateur de révélation. Mais à quel prix ? Dans son cas, l'enjeu dépasse le simple cadre légal. En portant plainte, c'est aussi la vie de son fils qui pourrait être bouleversée.

Ce livre, je l'écris au fur et à mesure de mes entretiens, des secrets que je récolte, des messages que je reçois. Je le construis en fonction de mes réflexions, de mes prises de conscience, de mes échanges aussi. C'est un objet mouvant. Cela fait trois jours que j'ai rédigé le paragraphe précédent et ce matin, Élina m'a fait part de sa décision d'aller porter plainte. Je suis fière d'elle. Elle a choisi de maintenir son fils hors de l'enquête, en lui disant simplement qu'elle attaquait un homme qui lui avait fait du mal.

S'il y a des secrets pour lesquels le temps presse la révélation, et d'autres qui perdent leur raison d'être au fil des années, pourquoi ceux de ma famille, eux, n'ont-ils pas été dévoilés, deux générations plus tard ? Je pense à ma grand-mère Ambre qui nous a toujours caché l'histoire de sa vie avant d'arriver en France. Nous avons beau la questionner, elle reste évasive. Pourtant, ses plus grands enfants, mes tantes, ont des bribes de souvenirs où l'on distingue quelques pièces d'un puzzle qui dit la maltraitance, la violence, l'exil, et la fuite. Ma grand-mère se doute que son passé, ou du moins le peu qu'on en sait, se raconte dans notre famille, même si nous n'en parlons jamais face à elle. Alors pourquoi continue-t-elle de se taire ? Sûrement parce que ce qui bâillonne le secret, c'est le tabou. Quand le premier prend fin et commence enfin à circuler, le second prend le relais et c'est, je crois, ce qu'il est le plus dur de briser. Je suis persuadée qu'il y a à l'origine du secret de ma grand-mère une interdiction de parler qui persiste encore aujourd'hui. Puis il doit sûrement y avoir beaucoup de pudeur. Quelle qu'en soit la raison, le moteur demeure le même : la douleur. La souffrance des uns amène les autres à se taire et le tabou se transforme pour laisser la place au déni. Comme il est trop dur d'accepter la vérité, on entre dans une nouvelle forme de silence.

« J'ai été victime d'inceste par mon demi-frère »

Iris et ses proches ont fait la douloureuse expérience de ce silence. À 3 ans, un soir chez ses grands-parents, elle est victime d'une agression sexuelle de la part de son demi-frère, de dix ans son aîné. Le lendemain, en plein milieu du repas, elle révèle tout, « Je revois encore les regards estomaqués de tous les membres de la famille » me dit-elle. Le coupable est pris à part, mais on ne lui explique rien à elle. Ce n'est que quelques années plus tard, après un cours sur l'inceste en CM2, qu'elle posera pour la première fois un mot sur ce qui lui est arrivé. « J'étais étonnée du fait que ça me touche autant, et c'est là où tout est revenu dans ma tête ». La suite de son histoire est assez tortueuse. Des années durant, son demi-frère est mis au ban, pourtant Iris a l'intime conviction qu'il est important de le réintégrer, pour qu'elle puisse connaître son neveu, et que leur petit frère ne souffre pas de l'absence de l'aîné. Les retrouvailles sont mouvementées, mais ils arrivent à parler de ce qu'il s'est passé. Son frère a d'ailleurs été condamné à des travaux d'intérêt général. Face à lui, Iris oscille entre pardon, colère et recherche obsessionnelle des raisons de son acte. Lui répond toujours qu'il s'agissait d'un « surplus d'amour », ce qui est une justification couramment donnée par les agresseurs lorsque l'on consulte des témoignages de viol ou d'inceste.

La première répercussion de ce secret concerne leur petit frère : « Je mettais un point d'honneur à ce qu'il ne découvre pas ce qui m'était arrivé. Mais il en voulait à notre frère pour son absence sans en connaître la raison. Quand il a appris que celui-ci allait devenir papa, il pestait : "Moi je ne serai pas son oncle de toute façon, j'ai pas de frère". Il sentait bien qu'on lui cachait quelque chose, il nous reprochait de le traiter comme un enfant. Moi, je pensais le protéger, mais je comprends sa réaction. C'est le problème du secret : la personne qui n'est pas au courant le vit mal. Mais c'est parfois mieux de ne pas savoir et d'accepter que les gens le font pour notre bien, pour nous préserver et nous éviter pas mal de névroses. »

Dire ou ne pas dire est un lourd dilemme. Il arrive qu'en espérant minimiser les répercussions d'un tabou, on prenne le parti de cacher la vérité. Mais cela n'est pas sans conséquences sur la personne mise de côté : manque de confiance en soi, méfiance, frustration, et d'autres fois aussi, une colère que l'on ne parvient pas à expliquer. Est-ce aux détenteurs de secrets de décider si oui ou non ils doivent en préserver les autres en les privant d'une partie de leur histoire ? Je me pose la question.

La deuxième répercussion qu'Iris aborde la concerne, et elle donne le vertige. « Je pense que le vrai problème d'un secret de famille, c'est que dès que quelqu'un entre dans nos vies, il se reforme. J'ai des amis que j'ai rencontrés après, des amours aussi, et chaque fois, je dois choisir le bon moment pour leur raconter. Je finis généralement par en parler, parce qu'il me semble que ça peut éclairer certains aspects de ma personnalité. C'est ça le plus dur : tu n'en sors jamais. Je ne vais pas me balader avec une pancarte sur laquelle serait écrit "J'ai subi l'inceste avec mon grand frère". Et puis, une fois révélé, ça reste un tabou. J'en veux à des tantes et à des oncles qui font comme si de rien n'était, alors qu'ils savent. J'aimerais qu'ils aient le courage de m'en parler. Mais ils ne l'ont jamais fait et ça ne m'aide pas à m'en sortir. »

Le tabou peut exister aux deux extrémités de la chaîne du secret, comme c'est le cas pour Iris : à l'origine et après la révélation. Elle aborde par ce biais un point important : la lassitude. Parfois, lorsqu'on porte un secret, on ne cesse de le confier aux personnes qui entrent dans nos vies. Il nous colle à la peau. J'ose espérer que le poids s'amenuise avec le temps.

« À 18 ans, mon ex a diffusé mes nudes »

La répercussion d'un secret, ça peut aussi être qu'il ne cesse d'en créer de nouveaux, alors qu'on pensait s'en être libéré. Le premier petit copain de Mona lui semble être l'amour de sa vie. Elle se jette à corps perdu dans cette relation, et après une première année chaotique, il part vivre de l'autre côté de l'Atlantique. Ils gardent tout de même contact, échangent quotidiennement, jusqu'au jour où il lui demande de lui envoyer une photo d'elle dénudée. « Je n'en ai pas envie, mais face à son insistance, je craque, et lui partage une première série de clichés qui ne le satisfait guère. Il en veut des "plus trash" ». Elle finit par céder en lui faisant promettre de les supprimer par la suite. Six mois plus tard, elle reçoit un message anonyme : « Pas mal les photos pour ton petit copain. » Elle réalise que ces dernières ont fait le tour de la ville. Mona tente alors d'en parler à sa mère, mais elle n'y parvient pas, la peur d'être jugée est trop grande. L'affaire s'estompe jusqu'au jour où ses clichés sont affichés avec ses coordonnées dans les couloirs de son ancien lycée. « J'étais morte de honte » précise-t-elle toujours sous le coup de l'émotion. Durant toutes ses études supérieures, ces images la hantent et réapparaissent régulièrement dans sa vie. Cinq ans plus tard, elle craque et finit par en parler à sa mère. Mais elle fait face à un mur d'incompréhension. Sa cousine est la seule personne à qui elle peut réellement se confier.

Vous est-il déjà arrivé d'avoir un secret qui vous colle à la peau ? Vous avez beau avoir évolué, celui-ci continue de vous hanter. Il circule, se transforme, s'amplifie, jusqu'à ne plus vous appartenir. C'est exactement ce qu'il s'est passé pour Mona : « Des copains recevaient les photos par mail, elles tournaient dans des soirées étudiantes, c'était sans fin. À un moment donné, je n'avais plus du tout envie de sortir, j'avais l'impression qu'on me regardait tout le temps bizarrement. Même trois, quatre, cinq, six ans après, lorsque je croisais des jeunes de mon âge, le sujet revenait sur le tapis. En arrivant à la fac, j'ai décidé de ne pas en faire part à mes nouvelles amies et aux mecs que je rencontrais. Allaient-ils me laisser tomber si je leur disais ? Allaient-ils me défendre ? Et s'ils l'apprenaient par quelqu'un d'autre ? J'avais l'impression d'avoir une épée de Damoclès au-dessus de la tête. Et comme si ça ne suffisait pas, les gens commençaient à inventer des choses à mon propos. Ce secret fait partie de moi que je le veuille ou non et il continue de me suivre. Par exemple, aujourd'hui, je fais de la danse de couple. Un nouvel intervenant est arrivé, et il connaît très bien certains de mes amis de l'époque. Je sais qu'il est au courant. J'étais tellement stressée que j'avais les mains moites. Allait-il le dire à quelqu'un ? Je ne peux pas concevoir que ce secret m'accompagne dans ma trentaine. »

Les répercussions rapportées par Mona sont principalement dues à la révélation. Acculée par la trahison de son petit ami, le secret lui a échappé, avec les conséquences qu'elle décrit. Je me demande si c'est ce que ma grand-mère Ambre ressent, lorsqu'elle nous surprend en train de parler de sa vie ? Nous voit-elle comme des intrus qui essayons de prendre d'assaut la forteresse de son intimité ? Je ne l'espère pas. Au contraire, ce que je souhaite aujourd'hui, c'est qu'elle s'assoie en face de moi et qu'elle me raconte son histoire, parce qu'elle l'a décidé et qu'elle se sent prête. Qu'elle retrouve son identité, sa voix et que je n'aie plus qu'à me taire et à l'écouter.

En finissant cet entretien avec Mona, je repense à Léa, dont le secret avait été déformé par les autres membres de son régiment[23], et aux conséquences que cela a eues : une pression folle de la part de ses supérieurs hiérarchiques pour la faire craquer, une plainte déposée contre elle par son agresseur pour diffamation, le tout aboutissant à un long congé maladie.

« Tous les premiers-nés meurent dans ma famille »

Car la santé peut aussi être impactée par le secret. Soraya prend très tôt conscience que, dans sa famille, les premiers-nés meurent systématiquement, sans que personne n'en parle, comme si une omerta régnait à ce sujet. Quand elle tombe enceinte, l'angoisse la saisit, et la dépression, qu'elle subissait depuis plusieurs années, empire. À la naissance de sa fille, son tourment vire à l'obsession. Quinze ans plus tard, sa fille est en vie mais durant une thérapie par le toucher, elle se souviendra qu'en réalité, à la première échographie, il n'y avait pas un, mais deux fœtus : « j'étais dans le déni le plus total » ajoute-t-elle. Elle se rend ainsi compte qu'elle n'a pas échappé à la tradition familiale, mais surtout, qu'elle aurait pu ne pas se faire autant de soucis pour son enfant. Elle lui écrit alors pour lui avouer ce qu'elle avait omis, et donc, dans une certaine mesure, caché.

23. « J'ai été violée au sein de l'armée »

Lorsque je lui demande si elle pense que le secret peut vraiment se transmettre de génération en génération, elle me répond du tac au tac : « Oui je le pense. Tout le monde sait, mais personne n'a envie qu'un "mouton noir" vienne mettre les pieds dans le plat. J'en ai énormément souffert. Je ne serais pas dépressive chronique et suicidaire si on m'avait tout raconté. Pour moi, les clés sont la psychogénéalogie et les constellations familiales. Grâce à ça, aujourd'hui, je vais mieux. Je peux vivre pour moi au lieu de vivre avec le poids des secrets des autres. »

Cette dernière phrase est puissante. J'y pense le soir avant de me coucher, et le matin en me réveillant. Je ne peux m'empêcher de me poser la question : est-ce que je vis avec le poids des secrets de ma famille ? Est-ce je continuerai de les porter comme les miens tant qu'ils n'auront pas été révélés ? Je réfléchis au pouvoir de la parole, et à celui du silence, tout en ayant l'impression d'être privée des deux. Je suis dans un entre-deux dans lequel j'écoute, et j'attends. Lorsqu'on est prisonnier d'un secret de famille, on est condamné à la passivité, à vivre avec le fantôme d'une histoire qui est la nôtre, mais qui ne nous appartient pas. C'est étrange comme sentiment. Peut-être qu'écrire ce livre me redonne du pouvoir, peut-être d'ailleurs que c'est précisément pour cela que je le fais.

Les répercussions sur la santé de Soraya semblent claires. Mais les secrets peuvent l'impacter d'une autre manière encore. Ainsi, lorsque je demande à Daniel[24] de quelle manière il pense que ce secret a impacté sa vie, il me répond avec beaucoup d'émotion : « En ce moment, on me suspecte une maladie assez grave. Les médecins ont fait une recherche sur le génome et m'ont interrogé sur les antécédents de mes parents, j'ai été obligé de leur dire que mon père, je ne le connaissais pas. Ça, c'est un impact concret du secret. Sans cela, on aurait peut-être pu savoir s'il y avait un caractère héréditaire, ou non. »

Je pense à cet instant à ma mère, qui elle aussi a été privée d'informations concernant la grossesse de sa propre mère et qui auraient pu aider, selon sa kinésiologue, à comprendre les origines de sa maladie. Le secret a des conséquences multiples qui ne touchent pas seulement la personne qui le porte, mais tout l'écosystème humain qui l'entoure. Plus j'avance, plus j'assimile le secret à une immense réaction en chaîne.

---

24. « On m'a toujours caché l'identité de mon père, car je pense qu'il était un nazi. »

Certains détenteurs de secrets peuvent aussi en venir à adopter des comportements extrêmes, pensant y trouver un refuge, un exutoire, ou même une fin. C'est le cas de Chloé[25]. Après avoir été violée à l'âge de 5 ans et avoir subi dix ans d'un lourd silence familial, Chloé tente plusieurs fois de se suicider. À 16 ans, elle rencontre un homme, sans domicile fixe. Ils tombent amoureux et se mettent en couple. Un matin, au lieu d'aller au lycée, elle s'enfuit à six cents kilomètres de chez elle, dans le Sud. Elle commence à sniffer du Subutex[26], avant de passer à l'héroïne. En à peine un mois, sa consommation atteint les dix grammes par jour, « on cherche toujours à retrouver la sensation des débuts, mais elle ne revient jamais ». Sur le moment, elle ne se rend pas compte du potentiel destructeur de cette drogue qu'elle voit comme un refuge quand ses pensées deviennent trop obscures.

Pourtant, très vite, Chloé s'aperçoit que ça ne la mène nulle part. Lorsqu'elle n'a rien à fumer, elle ressent instantanément le manque physique : elle a chaud

25. « J'ai été violée à l'âge de 5 ans par le voisin de ma grand-mère »

26. Le Subutex est un traitement substitutif de la dépendance aux opiacés.

puis froid, le nez qui coule, des diarrhées et des vomissements. Psychologiquement, c'est un désastre. «Je portais le monde sur mes épaules, j'avais constamment envie de pleurer, plus rien n'allait dans ma vie.» Cette addiction dure trois ans, elle n'en parle à personne et se coupe de tout son entourage. Elle craint qu'on la renvoie en hôpital psychiatrique. À ce moment-là, son quotidien est vide, elle ne travaille pas et ne fait plus le ménage chez elle : les détritus s'amoncellent, la vaisselle s'entasse, tout ce qui tombe par terre reste au sol. Puis un matin, elle a un déclic. Elle coupe le contact avec son entourage, rompt avec son petit copain, change de région et commence à travailler. Aujourd'hui elle est sous traitement pour tenter de se libérer de son addiction. «Je me suis sauvé la vie» affirme-t-elle.

Nous demeurons silencieuses quelques secondes. Nous sommes toutes les deux émues. Je voudrais la serrer dans mes bras.

Dès le début de notre entretien, Chloé relie tout de suite sa prise de drogue et ses tentatives de suicide au secret qu'elle a porté durant son enfance et son adolescence : «Les deux sont étroitement liés. Je ne suis pas arrivée à consommer de l'héroïne comme ça un beau jour, par hasard.» L'impact du secret sur nos existences peut être intérieur, mais peut aussi se mesurer aux dangers auxquels on s'expose pour le fuir. On ne prend jamais autant conscience du pouvoir de la parole que lorsqu'on en est privé. Le silence peut alors devenir une arme de destruction.

« J'ai tenté d'étouffer mon fils »

Puis il arrive que l'on souffre tellement du silence et des non-dits que l'on décide de toujours tout dire pour ne pas infliger aux autres ce que l'on a subi. Voilà une conséquence du secret à laquelle je n'avais pas pensé.

C'est Soraya qui me la suggère en me racontant la suite de son histoire. Souvenez-vous, après avoir été meurtrie par des secrets familiaux qui l'obsédaient, elle revient sur un épisode terrible qui a remis la vérité au centre de sa vie : « À l'époque, mon fils a 3 ans. Il est extrêmement fatigant et agaçant. Je traverse alors une passe difficile, qui ira jusqu'à une tentative de suicide. Un jour, à bout de nerfs et épuisée, je craque et essaie de l'étouffer avec un coussin. J'appelle tout de suite mon psychiatre, et une heure après, une assistante sociale arrive. Elle souhaite nous retirer la garde des enfants. Moi je suis prête. Ce que j'ai fait me fait trop peur pour que je m'y oppose. Mais mon ex-mari refuse, et décide d'embaucher une nounou pour que je puisse me reposer. Des années plus tard, je l'avoue à mon fils. Je ne sais toujours pas si c'était la bonne chose à faire ou non. Pour moi, c'était important. Après toutes ces thérapies et tous les dégâts qu'ont causés les secrets dans ma vie, j'ai pensé qu'il valait mieux pour lui qu'il soit au courant. C'est un garçon assez mal dans sa peau et j'ai peur d'en être responsable. »

Les conséquences des secrets peuvent aussi être qu'on en a tellement souffert que l'on fait tout pour qu'il n'y en ait plus jamais, quitte à franchir des barrières morales qui ne cesseront de nous interroger et qui renvoient inlassablement à cette question : faut-il tout dire ?

« *Je suis devenue* escort *et ça m'épanouit* »

Il arrive aussi que le secret ait des répercussions positives. Ce n'est pas la majorité des cas, certes, mais j'ai la chance, au cours de mon enquête, d'en croiser certains qui sont de véritables respirations.

J'ai hâte de m'entretenir avec Inès car son histoire m'intrigue. Un jour, Inès commence à s'intéresser à l'*escorting* et au travail du sexe en général, un univers qui pique sa curiosité même s'il est très éloigné d'elle. Trois ans auparavant, sa meilleure amie lui avouait qu'elle s'était inscrite sur un site de *sugar dating*[27], et qu'elle ne l'avait pas forcément bien vécu. Cette histoire, si elle ne lui inspire rien de positif, trotte dans sa tête, et elle finit par se créer un compte sur une site similaire, mais, mal préparée, son expérience tourne court. L'été suivant, elle tente à nouveau en prenant bien soin cette fois-ci de se renseigner en amont. Elle protège son identité, ouvre une seconde ligne téléphonique, une nouvelle adresse e-mail, et fait très attention aux photos qu'elle publie.

Au départ, elle est euphorique. Elle se met dans la peau d'un personnage, une autre facette d'elle-même qu'elle découvre à cette occasion. Elle concrétise un premier rendez-vous avec un homme qu'elle a pris le temps de sélectionner. Le jour venu, stressée, elle l'attend devant l'hôtel, « je regarde la bande de jeunes qui fument à côté de moi et je ris en pensant qu'ils n'ont sûrement aucune idée de la raison de ma présence ». Inès passe un bon moment avec cet homme : « J'ai l'impression d'avoir fait ça toute ma vie » me confie-t-elle la voix apaisée. Je lui demande comment se déroule le passage de la discussion au sexe : « De manière extrêmement fluide ! Ce n'est pas du tout

27. Un site d'*escorting* qui met en relation, dans ce cas présent, des hommes qui offrent de l'argent et/ou des biens à une personne plus jeune qu'eux, en échange de services en nature.

mécanique. Il fait attention à moi et à mon désir, peut-être même plus que mes précédents partenaires. »

Elle ressort satisfaite de ce premier rendez-vous, un billet en poche, sans pour autant se réjouir. Pourtant, les rencontres s'enchaînent et jusqu'à aujourd'hui, elle n'a jamais eu de mauvaise surprise. En discutant avec elle, je me rends compte qu'elle est totalement consciente de ses privilèges et ne tente pas de glamouriser le métier. Elle m'explique que si elle a pris du temps avant de m'appeler, c'est qu'elle voulait comprendre pourquoi elle ne tombait que sur des hommes très respectueux. Les prédateurs repèrent généralement les proies, les personnes déjà abîmées par la vie. Inès se sent équilibrée, bien dans sa peau et dans sa vie. Autant de critères qui, selon elle, filtrent les clients dangereux.

Quasiment tout son entourage ignore ce pan de son existence, sauf sa meilleure amie, sa colocataire, et trois autres de ses plus proches connaissances. Elle souhaiterait ne pas avoir à le dissimuler, car elle ne ressent aucun complexe à ce sujet, mais cela lui semble impossible à cause de la stigmatisation du travail du sexe dans notre société. Elle tient également à préserver sa vie privée, surtout vis-à-vis de ses clients. Puis elle ne voudrait pas inquiéter sa famille qui pourrait se faire de fausses idées.

Ce qui me surprend, c'est qu'avant de l'appeler, je m'étais moi-même fait de fausses idées. Je m'imaginais que ce secret devait être difficile à garder, et qu'elle devait sûrement se sentir très seule. Mais bien au contraire. Ce qu'Inès aborde pour la première fois dans mon enquête, c'est qu'un secret peut être agréable à porter, voire devenir une source d'empouvoirement. « Cette petite part de moi, c'est quelque chose que je chéris. Pour te donner un exemple, j'ai un client que je trouve vraiment charmant. Un jour, il a quitté la chambre d'hôtel en me laissant ton ouvrage, "*Amours solitaires*". Je déambulais dans les rues de Paris, j'ai choisi un restaurant, je m'y suis installée, et j'ai mangé toute seule en bouquinant. C'est un moment qui n'appartenait qu'à moi, et j'avais envie d'être seule pour en profiter pleinement. C'est mon jardin secret et il me fait me sentir puissante. Je maîtrise tout, je décide de tout. Avant j'avais du mal à dire non, même dans mes relations privées, aujourd'hui, paradoxalement, j'ai plus de facilité à l'imposer. »

Je crois que j'ai déjà vécu quelque chose de similaire quand il m'est arrivé de tomber secrètement amoureuse alors que mon cœur était engagé ailleurs. Sur le moment, la culpabilité peut être pesante. Pourtant, j'accédais par ce biais à une réalité parallèle qui n'appartenait qu'à moi et grâce à laquelle je me consacrais corps et âme à ces amours qui, dans l'espace de ma pensée, n'avaient plus rien d'interdites. Vous voyez, ce sentiment euphorisant d'être au milieu de la foule, et de se dire que personne ne peut s'imaginer ce que vous ressentez précisément là, maintenant ? Voilà aussi le pouvoir des secrets.

« J'ai une sœur cachée »

Enfin, il arrive que le secret ne laisse aucune trace. Voici un scénario auquel j'étais encore moins préparée. Il y a quatre ans, le père de Capucine décide de quitter sa mère. S'ensuivent de longues discussions familiales pour tenter de gérer ce cataclysme que celle-ci n'avait pas du tout vu venir. Durant l'une de ces conversations, Capucine apprend que ses parents ont déjà failli se séparer lorsqu'elle était bébé, puis son père lâche de but en blanc qu'elle a une grande sœur, née d'une autre union, qu'elle n'a jamais connue. Il lui raconte qu'un soir, en rentrant du travail, sa femme et sa fille avaient disparu. Il ne les a jamais retrouvées. Quelques années plus tard, en rencontrant la mère de Capucine, il décide de tourner la page. « Sur le moment, je suis sous le choc, je ne pose pas plus de questions, parce que je sens bien qu'il s'agit d'un sujet douloureux pour lui » m'explique-t-elle. Elle l'accepte, donc. D'autant qu'il ne la perturbe pas outre mesure et qu'elle ne ressent pas le besoin de partir à la recherche de cette sœur perdue.

Le témoignage de Capucine est intéressant, notamment car elle se trouve à la place de la personne à qui l'on dissimule quelque chose. Lorsque je lui demande si elle avait déjà eu un pressentiment à ce sujet, elle me répond : « Lorsque j'étais petite et que je jouais à la marchande ou à la poupée, je m'imaginais toujours avec une sœur. Est-ce qu'ils en auraient parlé devant moi et que ça aurait resurgi de cette manière ? ». Après ça, elle n'a plus jamais eu de suspicion. Quand je lui fais remarquer que son secret ne semble pas lui peser, elle me le confirme, sans hésitation : « Dans la mesure où la révélation s'est faite au milieu d'une énorme crise familiale, c'est un peu passé au second plan. S'il m'avait balancé ça maintenant, alors que tout va bien, ça n'aurait peut-être pas eu le même impact. Parfois j'y songe le soir avant de me coucher, mais c'est tout. Ce n'est pas du tout une pensée intrusive, c'est plus comme un constat. » Cette révélation l'a-t-elle fait douter de son père ? Pas du tout, elle ne s'est d'ailleurs jamais posé la question.

Je suis interloquée en raccrochant, car le témoignage de Capucine met à mal un des a priori que j'avais sur la charge des secrets. Une histoire, pas anodine qui plus est, qui ne crée ni de douleur, ni défiance, ni remous familiaux, c'est déroutant !

Cet appel ne me bouleverse pas qu'à ce titre. Il vient aussi réveiller quelque chose en moi de beaucoup plus personnel. Écrire ce livre, c'est comme être dans une pièce dont les murs sont recouverts de miroirs. Au moindre de mes gestes, à la moindre interaction, j'ai l'impression de voir se dessiner mon reflet. C'est un labyrinthe en apparence chaotique, mais qui, à mesure que j'avance et que je me perds dans les histoires des autres, me guérit. J'espère que ce livre aura le même effet sur les personnes qui le liront.

Il y a à peu près huit ans, je travaille dans une maison d'édition spécialisée dans le genre épistolaire. Un après-midi, alors que je suis à mon bureau, je reçois un message de mon père. Une photo d'une fille que je n'ai jamais vue jusque-là. Je me dis qu'il est quand même culotté de me présenter sa nouvelle copine de cette manière, et surtout, je la trouve extrêmement jeune ! Je lui demande s'il s'est trompé de numéro, mais il me répond simplement « Héloïse, 18 ans ». Je ne comprends pas. Dix-huit ans, vraiment ?! Je continue de travailler en essayant de ne plus y penser, mais je n'y parviens pas. Et comme toujours lorsque j'ai une question à poser à mon père, j'appelle ma mère, bien qu'ils ne soient plus ensemble depuis vingt-huit ans. Le bip retentit trois fois. « Héloïse, 18 ans, papa, ça te dit quelque chose ? ». Grand silence. Elle semble extrêmement gênée. Elle me révèle qu'Héloïse est ma demi-sœur. Je retourne m'asseoir à mon bureau, sous le choc. Je ne sais pas ce qui me perturbe le plus : de découvrir à 20 ans passés que j'ai une petite sœur, ou que mon père me l'apprenne de cette manière. Le soir, j'en discute longuement au téléphone avec lui. Je pense qu'il ne s'est jamais rendu compte à quel point ce secret et sa révélation m'avaient affectée. Après avoir raccroché, je reçois un message de cette fameuse Héloïse sur Facebook.

Je suis d'abord découragée face à cette famille éclatée puis recomposée. Nous échangeons un peu ce soir-là. Je veux être là pour elle, mais je sens aussi à l'intérieur de moi l'urgence de me protéger. Ma vie a été parsemée de secrets que l'on m'a cachés et que j'ai dénoués ou qui m'ont explosé au visage. Je réfléchis aux répercussions que celui-ci a eu dans mon existence. Je ne l'ai pas gardé pour moi, il ne m'a pas isolée, j'en ai tout de suite parlé aux personnes qui m'entouraient. Ce qu'il a eu pour conséquence, en revanche, c'est une remise en question intime et profonde des liens du sang et de ce que l'on appelle la famille.

LA RÉVÉLATION

J'ai 14 ans et je découvre l'amour. Cette fois-ci, je ne plaisante pas. *Exit* les flirts de cour de récré, j'ai mon premier vrai petit copain, celui que je peux embrasser avec la langue, avec qui je peux aller au cinéma, me projeter dans le futur, et fonder une famille. Oui, tout ça, vous avez bien lu. Cette relation, je la garde comme un secret de Polichinelle, surtout vis-à-vis de ma mère. On n'a jamais appris à parler d'amour à la maison, alors comment pourrais-je lui en faire part ? Le problème, c'est que je rêve de passer le samedi après-midi chez lui, d'aller au cinéma et de m'endormir sur son épaule alors je finis par tout lui révéler. Comme je me sens incapable de lui en parler, je décide de lui écrire une lettre et de la lui laisser sur la table en partant au collège, un matin. Dans cette lettre, je fais tout pour lui montrer à quel point je suis mature, combien ma relation est sérieuse, et que je ne plaisante pas du tout avec l'amour. C'est le premier souvenir de révélation d'un de mes secrets que j'ai.

Cette étape finale de la révélation, enviée ou crainte, agit comme un fantôme, une promesse, ou une menace. L'important est d'en rester maître. On use donc de pactes, de cadenas, de clés, fuyant tout ce qui pourrait nous faire perdre le contrôle : l'ivresse, les sentiments, une confiance mal placée. La révélation est le reflet du secret, et détenir un secret, c'est orchestrer des reflets.

« *Cet amour naissant doit rester caché aux yeux de tous* »

Lorsque deux ou plusieurs personnes partagent un secret, il est fréquent qu'un pacte les lie, soit pour en interdire la révélation, soit pour la contrôler. Albane[28] est la première à témoigner de cet aspect. Après une première déclaration d'amour, et de nombreux messages échangés, Paco et Albane ont immédiatement fixé un cadre : cet amour naissant doit rester caché aux yeux de tous. Après des hauts et des bas, Albane se confie à quelques amis très proches qui, elle le sait, garderont le silence. Elle n'en parle pas à Paco, qui ne le tolèrerait pas. Ce qui crée un autre secret entre eux. Il existe une asymétrie entre les deux amants : Albane

28. « J'ai une relation secrète depuis deux ans avec un ami que l'on cache à nos partenaires respectifs et au reste du monde »

rêve d'officialiser cette relation, et d'assumer la vérité, au contraire de Paco pour qui cela est impensable. Si leur petit secret s'ébruitait, elle aurait moins à perdre que lui. Si elle ne cède pas, c'est par respect pour le pacte qu'ils ont conclu et parce qu'elle sait que la révélation scellerait le sort de leur histoire. La parole est donc confisquée, dès les premiers instants, par un protocole très clair. Ils ont même organisé leurs modalités d'échange : sur Messenger, leurs discussions pourraient être publiques, sur Instagram, c'est plus ambigu. Ils suppriment ce qu'ils se disent au fur et à mesure. Enfin, ils réservent leurs conversations intimes à une application où les messages disparaissent au bout de trente secondes. Et interdiction d'en faire des captures d'écran ! Je réalise que la crainte de la révélation affecte la mémoire ; comme rien ne doit fuiter ou servir de preuve, tout est régulièrement détruit.

J'ai vécu des amours secrètes dans le passé. Elles n'étaient souvent que dans ma tête, mais elles prenaient suffisamment de place pour que je pense qu'il serait plus prudent de ne pas conserver certains de mes échanges. Quel désastre pour ma mémoire. Je suis le genre de personnes qui peut avoir envie, un beau matin, sans crier gare, de lire une conversation que j'ai eue avec un amour secret des années plus tôt. Et si jamais par malheur, il s'agit d'une de celles que j'ai effacées, je me sens dépouillée de mon passé. Je ne dis pas qu'il faut vivre dans les souvenirs, je dis simplement qu'il est important de les cultiver pour pouvoir s'y réfugier lorsque le monde extérieur devient trop effrayant, ou que l'on a besoin de se rappeler qui l'on peut être.

Daniel[29], lui aussi, a vu son existence bouleversée par un pacte, scellé à ses dépens. Toute sa vie, il a été privé de l'identité de son père, dans le contexte de l'après-guerre. Seule la sœur de sa mère était au courant, mais elle a fait la promesse de ne jamais rien révéler. Ce à quoi elle s'est tenue, malgré les demandes répétées au fil des ans. En discutant avec lui, ce qui me frappe le plus, c'est la fidélité de sa tante à la parole donnée. Plus je m'enfonce dans le labyrinthe du secret, plus je prends de la distance avec la dichotomie qui sépare la parole libératrice du silence oppressif.

Ma grand-mère Ambre aurait-elle pu sceller un tel pacte ? Je ne cesse de réfléchir à qui pourrait être cette personne de confiance. Je m'imagine détective, visitant les lieux importants de son existence et les humains qui les composent. Une assistante d'éducation avec laquelle elle travaillait à l'école ? Un amant, qui sait, avec qui elle aurait vécu une aventure folle et secrète ? Je connais

29. « On m'a toujours caché l'identité de mon père, car je pense qu'il était un nazi »

si peu de choses de sa vie en réalité. Lorsqu'on nous prive de notre mémoire, tout ce qu'il nous reste, c'est le fantasme.

« J'aurais aimé vivre une grossesse normale et que ma mère m'accompagne »

Les révélations ont souvent besoin de médiateurs à qui il est plus facile de dire. Car dire… ici est toute la question. Cela peut sembler douloureux, insurmontable. Alors on craque, en se confiant à un quasi-inconnu dans une soirée bondée, un matin face à une professeure qui a vu en nous que quelque chose n'allait pas, ou encore un après-midi dans le cabinet d'une psychologue. Tous ces médiateurs sont des passerelles, des mains tendues, des chemins qui mènent vers la révélation.

Après qu'Élina[30] a accouché, la thérapeute qui la suit lui demande de rédiger une lettre expliquant les raisons qui la poussent à mettre son enfant à l'adoption. Elle réalise, après l'avoir lue, qu'Élina y exprime moins un désir d'abandon que l'appréhension face à la crainte de devenir mère. Elle l'invite alors à s'ouvrir aux autres et à leur révéler son secret. Et là, c'est le déclic, elle accepte

30. « Je pense que le géniteur de mon fils est mon violeur »

de le dire, notamment à ses parents, et sa manière d'en parler est touchante :

« Quand j'étais petite, je rêvais d'être enceinte et de porter une salopette en jean. C'est d'ailleurs la première chose que m'a confiée ma mère en sortant de notre rendez-vous, elle aurait voulu m'en acheter une. J'aurais aimé vivre une grossesse normale et qu'elle m'accompagne. Ça restera mon plus grand regret. »

La psychologue d'Élina a joué un rôle fondamental dans la révélation de son secret. Je m'aperçois que j'ai peut-être été une deuxième médiatrice pour Élina. Après notre rencontre, elle a décidé de porter plainte contre son violeur. C'était une manière pour elle de compter dans les statistiques, mais également d'assumer son viol. En prenant du recul, je réalise que mon rôle, dans cette enquête, c'est aussi celui de médiatrice. Je ne sais pas si j'en use avec justesse. J'essaie. Je suis devenue la personne à qui il est possible de raconter sans se mettre trop en péril. J'aimerais maintenant devenir la personne qui dit sans trembler.

« Laisser une partie de soi dans les mains d'un autre »

Révéler son secret, c'est aussi s'exposer, se mettre à nu, et donner les armes à autrui pour nous blesser. Voilà pourquoi il est important de se confier aux bonnes personnes.

Valentine est née en Russie. À cause de son état de santé instable, elle est transférée très tôt dans un hôpital, et comme sa mère ne revient pas la chercher, elle est placée dans un orphelinat. Là-bas, il n'y a qu'une seule nounou pour dix enfants. « Le problème, c'est qu'entre 0 et 3 ans, le manque de sollicitations peut freiner le développement psychomoteur. » Deux ans plus tard, Valentine montre des signes de dépression et de schizophrénie. Alors que son état s'aggrave, une famille française se présente à l'orphelinat. Les gérants font tout pour mettre Valentine en avant. « C'est une bonne petite fille », répètent-ils. Ils l'adoptent ainsi que celui qui deviendra son frère. Tous deux s'envolent pour la France, « une nouvelle vie commence enfin dans l'amour et la chaleur d'un foyer » ajoute-t-elle, l'air ému. Valentine apprend très vite le français et s'adapte merveilleusement bien à son environnement.

À 18 ans, Valentine réalise qu'elle doit faire preuve de prudence quand elle révèle son histoire, car celle-ci peut se retourner contre elle. C'est d'ailleurs le cas dans son entourage proche lors de disputes. Elle me répète les phrases meurtrières qu'on lui jetait au visage « Je comprends pourquoi tu as été abandonnée. », « Tu n'es pas française, rentre chez toi. », « Je me demande comment tu as pu être choisie. » C'est à partir de ce moment-là qu'elle commence à mentir pour se protéger. Son témoignage met en valeur l'aspect ambigu de la parole qui peut libérer comme se retourner contre soi quand elle est utilisée à mauvais escient. La révélation peut ainsi renforcer le secret.

Puis parfois, il arrive aussi que l'on confie son secret et que l'on n'en conserve pas un très bon souvenir parce qu'on a la sensation de s'être trop dévoilé. On se sent alors dépossédé d'une vérité que l'on aurait finalement préféré garder pour soi. Gabrielle a expérimenté ce sentiment de manière douloureuse. Née d'un don de sperme, elle n'a appris qu'à l'âge de 8 ans, et par sa mère, que son père n'était pas son géniteur. « J'essaie de prendre cette nouvelle avec sérénité : mon histoire est différente des autres enfants, mais mon père reste mon père. »

Pourtant, entre eux, la communication est difficile, voire inexistante sans que Gabrielle sache si c'est à cause d'elle ou de ses origines. Si elle en parle de temps en temps avec sa mère, lui n'y fait jamais ne serait-ce qu'allusion. Gabrielle aimerait qu'il la rassure, qu'il lui dise qu'il est fier qu'elle soit sa fille, mais il n'en fait rien.

Vis-à-vis des autres, Gabrielle préfère ne rien dévoiler de son parcours : « Chaque fois que je me suis confiée, j'ai ressenti une part de culpabilité, comme si j'avais laissé une partie de moi dans les mains d'un autre. » Cette formulation est belle et à propos. Révéler un secret, c'est un peu ça : « laisser une partie de soi dans les mains d'un autre ». Encore faut-il bien le choisir.

« Ce secret, c'est mon histoire », poursuit-elle, et ça me rassure de savoir que personne ne la connaît. Il y a six mois, j'ai tout raconté à mon ex, je me suis dit que c'était le moment. Mais au final, ça ne m'a ni soulagée, ni fait plaisir. J'aurais aimé qu'il s'y intéresse plus, ou qu'il me demande comment je l'ai vécu par exemple. »

« Laisser une partie de soi dans les mains d'un autre », là est tout l'enjeu des secrets. Les remarques de Gabrielle m'amènent à m'interroger sur ma démarche. À force de recevoir des témoignages et de passer du temps à les décortiquer, ils me « réparent » d'une certaine façon, par un effet de miroir. Se retrouver et se perdre dans les mots de ces inconnus a quelque chose de réconfortant face à l'isolement dans lequel nous vivons, nous qui sommes entourés de secrets. J'aimerais que l'espace d'une lecture, notre solitude disparaisse.

« J'ai été séquestrée par ma nounou »

Parfois, les révélations sont lâchées comme des bombes, des années plus tard, alors même que le secret n'existe plus. Iris a vécu ce cas de figure. Quand elle était petite, elle a été séquestrée par sa nourrice. À l'époque, comme elle n'a pas conscience de la gravité des faits, elle ne juge pas bon d'en parler et se mure dans le silence. Iris pense simplement que ça fait partie de sa vie, et qu'elle doit faire avec. C'est le cas pour beaucoup d'enfants qui vivent des violences et des traumatismes.

Chaque matin, c'est le même rituel. La nourrice d'Iris l'enferme, seule, dans le salon, les volets fermés, avec interdiction de bouger. À côté, la vie continue, elle entend son petit frère rire et jouer avec le reste de la famille. Le plus dur, c'est de voir la confiance que sa mère porte à cette femme. Comment peut-elle apprécier quelqu'un d'aussi monstrueux ? Au travers de ses yeux d'enfant, c'est comme si elle approuvait ce qu'elle subissait. Pourtant, elle en ignore tout. Cette situation dure deux, trois ans, jusqu'à ce que la famille déménage à Lyon. Sa nouvelle institutrice trouve Iris bizarrement asociale et décide d'appeler sa mère.

Des années plus tard, deux semaines avant qu'Iris ne me partage son secret, sa mère lui relate cette conversation téléphonique et lui demande si elle se souvient pourquoi elle agissait ainsi à l'époque. Et là, tout revient. Iris pose des mots d'adulte sur ce qui lui est arrivé. Pour la première fois, elle perçoit l'anormalité dans son vécu, et plus elle avance dans son récit, plus – à la manière de l'enfant qu'elle était – elle se recroqueville, regarde le sol et se met à pleurer. Au début, sa mère réagit avec légèreté puis quand elle voit Iris entrer dans cet état second, elle commence à avoir peur avant de s'effondrer. Des souvenirs lui reviennent à elle aussi, des signes auxquels elle n'avait pas prêté attention à l'époque. Comme ce soir où la voisine d'en face était venue lui dire qu'elle pensait que ce n'était pas une bonne chose que ses enfants soient chez cette femme, sans lui expliquer pourquoi. Plus elles lient leurs deux expériences, plus la situation s'éclaire.

Iris met le doigt sur le phénomène des révélations à retardement. Elle a déménagé, elle est adulte désormais et n'a plus aucun contact avec cette nourrice. Il n'empêche que cet épisode traumatique continuait d'exercer une emprise sur elle. Iris en a gardé des cicatrices très vives, notamment une peur incontrôlable de sombrer dans l'oubli, et de devenir invisible. En racontant son histoire pour la première fois, elle a pris conscience de la gravité de ce qu'elle avait vécu, et a compris pourquoi elle l'avait intériorisé et caché jusqu'à présent. C'est en dévoilant les faits qu'elle a réalisé que ceux-ci avaient formé un secret. Si elle n'en avait pas parlé, peut-être ce souvenir serait-il resté comme une présence fantomatique menaçante et insaisissable. Comment se reconstruire après un traumatisme dont on ignore tout ?

La temporalité de la révélation n'est pas celle du secret. Voilà pourquoi il est parfois si difficile d'en guérir. La parole est souvent beaucoup plus lente que le silence, dont les rouages sont bien huilés. Dire est un risque. C'est un saut dans le vide les poches pleines de cailloux et cela nécessite la plupart du temps des années d'analyse et d'acceptation avant de passer à l'acte.

J'ai été habituée, dans ma vie, aux révélations à retardement. Je pense à ma mère, qui ne m'a parlé de sa maladie que des années après qu'elle se fut déclenchée. Ma sœur, Héloïse, que mon père m'a présentée quand elle a eu 18 ans. Ou encore, ma grand-mère paternelle, Daisy, dont on ne m'a rien dit jusqu'à mes 15 ans. Les révélations à retardement me collent à la peau. Est-ce parce que je ne suis pas quelqu'un de fiable ? Ou quelqu'un que l'on a peur de blesser ? Je n'en sais rien. Ce que je sais en revanche, c'est que cette mécanique a créé chez moi un défaut de confiance existentiel. Peut-être qu'en recueillant la parole des autres, je comble ce manque en me prouvant à moi-même que je suis quelqu'un à qui l'on peut dire. Et peut-être qu'une fois arrivée à la fin de l'écriture de ce livre, je me sentirai capable, forte de toute cette confiance qui m'a été accordée, d'aller parler à ma propre famille.

« Je n'ai pas aimé être enceinte »

L'acte de confier un état d'âme, s'il n'est pas entendu, peut le transformer en secret. Un jour, on se jette à l'eau, espérant du soutien et de l'écoute de la part de nos interlocuteurs. Mais si ces personnes ne réagissent pas avec bienveillance, alors la timidité, la honte, le tabou se renforcent et nous emprisonnent dans le silence. Je suis ravie que Louise accepte de me parler de son histoire, car je remarque que les secrets qui concernent les difficultés à être mère sont ceux que j'ai le plus de mal à obtenir.

Il y a un an, Louise fait un test de grossesse après avoir perdu du sang tous les jours durant quelques semaines. Elle est enceinte. Six mois plus tôt, elle avait subi une fausse couche qui les avait beaucoup affectés, elle et son conjoint. Elle décide donc de ne pas lui annoncer tout de suite, afin de le préserver si les choses ne se déroulaient pas comme prévu. Le temps passe, les diagnostics sont bons, même si les saignements continuent. On lui conseille d'aller faire des examens pour vérifier que tout va bien. Le rendez-vous est pris à l'hôpital et elle s'y rend, seule. Le médecin est rassurant :

il y a bien un fœtus, et il se porte bien. Par précaution, elle décide tout de même d'attendre les trois premiers mois pour l'annoncer à son compagnon.

Malheureusement, quelques semaines plus tard, les saignements reviennent. Louise est pâle, épuisée. Son généraliste lui recommande d'aller aux urgences, elle n'a d'autre choix que de demander à son partenaire de l'y emmener. Elle lui propose de patienter à l'extérieur, mais il refuse, trop inquiet pour la laisser seule. Louise finit par craquer et lui avoue tout. L'échographie qu'elle passe ensuite les rassure : le bébé se porte bien, mais Louise doit se ménager. De son côté, son conjoint ne parvient pas à se réjouir, craignant une nouvelle fausse couche.

Hélas, le répit est de courte durée. Le coronavirus arrive ainsi que le premier confinement… Louise se retrouve isolée à la maison, et le temps est particulièrement long. Un jour, alors qu'elle atteint les vingt-six semaines de grossesse, elle ressent de très fortes douleurs au ventre. Inquiète, elle décide d'aller consulter, seule puisque son conjoint est au travail. Louise apprend qu'elle a des contractions prématurées, et qu'elle va donc devoir faire le moins d'efforts possible. En parallèle, elle grossit de plus en plus et elle se sent complètement dépossédée de son corps au point de se rendre à l'évidence : elle n'aime pas être enceinte. Elle déteste ces nausées, ces douleurs. À mesure que le temps avance, son image d'elle-même se dégrade. S'ajoute à cela une culpabilité terrible : pourquoi ressent-elle cela ? Avec le recul, elle se dit qu'on ne lui avait pas suffisamment expliqué ce que cela impliquait. Il lui arrive de pleurer en se voyant nue dans le miroir. Mettre des chaussures, remonter une fermeture éclair dans le dos… tout devient un combat. Puis il y a cette inquiétude constante sur la santé du bébé. « On ne sait pas ce qu'il se passe à l'intérieur de ce gros ventre dérangeant. »

Au départ, elle essaie de se confier à son entourage, mais personne ne la prend au sérieux. On lui répond qu'elle est radieuse, que la grossesse lui va à merveille, sans tenir compte de son mal-être. C'est ainsi que se forme le secret. À compter de ce moment, Louise n'en parlera plus jusqu'au terme, végétant dans un état dépressif. D'autant que la pression des proches ne faiblit pas : « Tu vas allaiter ? », « Tu vas faire du cododo ? », « Tu vas faire de la motricité libre ? » Louise en vient à douter d'elle-même. Heureusement, les vacances de son conjoint arrivent. Elle revit. Elle peut enfin sortir de chez elle, même si elle se sent toujours aussi lourde.

À trente-six semaines, son col est ouvert. La sage-femme lui demande de tenir encore un peu. Dès lors, Louise fait tout pour déclencher l'accouchement :

ménage, randonnées, shopping, montées et descentes des escaliers. Finalement, le grand jour arrive et tout se déroule à merveille. Leur fille vient au monde en trois poussées, sans aucune déchirure. Quand elle la prend dans ses bras, c'est une libération. « J'avais besoin de la voir, de la sentir, de la toucher pour l'aimer. Je la garde sur moi pendant deux heures, à côté du papa, ému. » Louise est enfin libérée de ce calvaire. « C'est peut-être dur à lire et entendre. Mais je n'y ai pris aucun plaisir. Alors qu'un accouchement, je pourrais le faire dix fois sans souci. J'étais debout et maîtresse de mon corps en deux heures. Je me suis douchée, et j'ai pu admirer mon ventre plat. »

Aujourd'hui, Louise parle beaucoup plus facilement de cette période douloureuse. Elle sensibilise ses proches ou même des inconnues via Internet. « On peut mal vivre la grossesse, ça n'empêche pas d'aimer son enfant plus fort que tout. »

La parole, quand elle arrive au mauvais moment, ou que les interlocuteurs ne sont pas prêts à la recevoir, peut engendrer des secrets. La première fois, le ressenti de Louise tient plus de la gêne liée à un tabou. C'est face à la réaction de son entourage que son malaise grandit et se transforme en secret, heureusement temporaire, puisqu'aujourd'hui, Louise s'est réapproprié son histoire et sa voix.

En relisant le témoignage de Louise, je me demande si j'ai déjà réduit involontairement au silence des amis, des amours, des proches en minimisant leurs souffrances. Le secret est une expérience solitaire, mais nous sommes toutes et tous, dans une certaine mesure, responsables des secrets des autres. Vos mots peuvent faire et défaire des silences. Peut-être avez-vous peur de tendre la main ? De dire que vous êtes là ? Que vous êtes à l'écoute ? Je crois que c'est le moment de le faire.

« J'ai eu un amour de jeunesse caché avant d'être mariée de force »

La pire des révélations reste celle qui nous échappe. C'est un acte intime qui se doit d'être consenti par le détenteur. Parfois, cela peut être une opportunité de se libérer d'un secret à peu de frais, même si c'est à nos dépens. D'autres fois, cela sera vécu comme une trahison, une infidélité, ou bien encore une douloureuse indiscrétion.

Soraya se retrouve malheureusement dans le second cas de figure. Son secret, c'est son premier amour, survenu avant son mariage qui lui a été imposé à l'âge de 19 ans, dans les années 1990. À l'heure du déjeuner, au lycée, elle a pour habitude de manger dans un parc. Un midi, un garçon vient s'asseoir à côté d'elle et lui fait la cour. Elle est subjuguée. Pendant presque un an, il la rejoint quotidiennement avec une rose fraîche. Comme elle ne peut pas les rapporter chez elle, elle les coupe en morceaux et les glisse dans un livre ou un cahier. Son entourage ignore tout de cette histoire, c'est son jardin secret. Un jour, on lui annonce qu'on va la marier. Elle répond qu'elle n'en a aucune envie, et qu'elle a déjà un petit copain, chose qu'elle n'aurait jamais dû dire puisque, suite à cette révélation, son père retire Soraya de l'école et appelle le jeune homme pour mettre un terme à leur relation. Soraya est donc assignée à domicile et par lassitude, elle accepte de se marier. Mais a-t-elle vraiment le choix ?

Durant des années elle pense à lui et décide de le recontacter. Ils échangent beaucoup, se confient leurs problèmes de couple jusqu'au jour où son mari fouille dans son téléphone et découvre leur conversation. Une dispute, la première d'une longue série, éclate, et ils finissent par divorcer. Ce premier amour était un secret bien gardé que l'époux de Soraya a découvert en fouillant dans son intimité. « Ce sont des secrets qui restent toujours à l'intérieur de notre torse, on ne peut pas les dire » me dit-elle, la voix tremblante.

Voir sa révélation volée, c'est un précipice duquel on est poussé. Dans cette longue chute, nous voilà démasqué, sans avoir pu nous y préparer. Les risques sont connus : on sait qu'on laisse derrière soi des indices qui, assemblés, mènent à notre intimité. Et pourtant, ces confrontations sont toujours très douloureuses, comme si on nous arrachait notre histoire et sa vérité, et que celles-ci ne nous appartenaient plus vraiment.

Eden[31], elle, s'est vue voler la révélation de son secret d'une autre manière encore. Souffrant de mentir à tout son entourage, elle décide un jour d'écrire une lettre à son petit ami dans laquelle elle lui avoue tout : la séparation de ses parents et l'homosexualité de sa mère. Cela lui semble plus facile que de lui en parler de vive voix. Le mot est prêt, mais Eden n'arrive pas à le lui donner. Elle le glisse alors sous un fauteuil dans sa chambre.

Un soir, alors qu'il dort chez elle, son compagnon ne trouve pas le sommeil. Il tourne en rond, et finit par tomber sur le fameux courrier. Le lendemain, au moment d'aller travailler, elle découvre la lettre posée sur son bureau. Elle comprend, s'habille en vitesse, et quitte le domicile en larmes. « Cette lettre lui était adressée, mais je ne la lui ai jamais donnée, donc il y a une partie de moi qui se sent mise à nu sans que mon consentement ait été demandé ! » me précise-t-elle la

31. « Ma mère a fait son *coming out* lesbien après avoir quitté mon père »

voix emplie d'émotions. Eden a raison d'employer le terme de consentement. C'est une notion capitale dans la révélation d'un secret. Cette violation dont Eden est victime la met très en colère, puis vient la culpabilité… « Comment vais-je lui expliquer que je n'ai pas su lui dire avant ? » et enfin la honte : « Va-t-il me rejeter ? Pense-t-il comme sa famille, qui est très religieuse et pratiquante, que l'homosexualité est un péché ? »

Finalement, le soir, en rentrant, il la serre dans ses bras et la rassure. Elle n'arrive pas à lui en vouloir. Le trouble d'avoir été démasquée l'emporte sur la colère. Il n'empêche que sa révélation a été volée, même si elle l'avait préparée et anticipée. Le consentement est important à chaque étape : on peut être prêt à parler sans pour autant franchir le pas. On pourrait aussi penser que dans un certain sens, ce qui est arrivé à Eden est pour le mieux, puisque son petit copain a finalement bien réagi et qu'elle a ainsi pu se libérer. Mais il n'empêche qu'elle est passée par ce douloureux sentiment de violation d'intimité.

Du moment où j'ai appris à écrire, jusqu'au début de mes études supérieures, j'ai toujours tenu un journal intime. Toute mon enfance et mon adolescence ont été consignées dans ces carnets. J'avais la certitude que personne dans ma famille ne les lirait. Un été, à l'âge de 17 ans, après moult négociations, ma mère et mon beau-père acceptent de me laisser partir en vacances sur la côte atlantique avec James, mon amoureux de l'époque. Mon beau-père fixe les limites avec lui et lui fait bien comprendre que s'il lui accorde sa confiance, celle-ci reste très fragile. Ce qui me semble, d'ailleurs, avec le recul, sexiste comme attitude.

C'est la première fois que je pars seule avec un garçon, dont je suis absolument raide dingue qui plus est. Notre relation est teintée de tout ce qui compose les amours adolescentes : les disputes, les réconciliations passionnées, les découvertes enivrantes. Un soir, il va boire un verre avec un ami d'enfance pendant que je reste me reposer dans notre appartement. L'heure passe et James ne rentre pas. Je commence à m'inquiéter, je lui écris, mais il ne me répond pas. Je tente de l'appeler, mais je tombe tout de suite sur sa messagerie. Trois heures, quatre heures… cinq heures du matin et toujours aucune nouvelle. Je fais plusieurs fois le tour du quartier, je crie son prénom. Il finit par arriver vers sept heures, exténué, après une nuit en garde à vue parce qu'il avait été contrôlé en possession de cannabis. Le lendemain, je consigne tout ça dans mon journal intime.

En rentrant, mes parents sont ravis de nous retrouver et moi je suis fière de ne pas avoir brisé leur confiance. Mais deux jours plus tard, mon beau-père change totalement d'attitude. Il est très froid, agacé, et quand je l'interroge, il me répond qu'il est au courant de l'incident pendant nos vacances. Il appelle James et lui passe un savon mémorable. J'insiste pour comprendre comment il l'a découvert, mais la seule chose qu'il me dit c'est : « Je sais tout. » Des années durant, je n'ai cessé de me demander comment il l'avait appris. J'étais à mille lieues d'imaginer qu'il aurait pu trahir ma confiance en lisant mon journal intime, et pourtant… je ne vois pas d'autres solutions. C'est mon premier souvenir de secret volé.

SECRETS ET INTIMITÉ

> « Les relations se forment dans un va-et-vient dialectique
> entre le montrer et le cacher, la révélation de soi
> et la retenue, le laisser-apparaître et le voilement. »
>
> Georg Simmel

Le secret est au cœur de nos relations et de nos interactions, et ce, bien plus que nous ne le pensons. Sa fonction première est de créer des intimités, d'inclure, ou d'exclure, en bâtissant des frontières plus ou moins franchissables. Révéler, c'est permettre à l'autre de mieux nous connaître, et renforcer notre proximité. Mais l'inverse est aussi vrai. Ainsi, comme nous le rappelle Annette Disselkamp : « Être ensemble sans se parler signifie détenir un grand nombre de secrets ; bien que, par un retournement de la situation, ce soit souvent l'*incognito* qui curieusement encourage les confidences, et qu'il soit des fois plus facile de livrer des choses intimes à des étrangers qu'à une personne familière[32]. »

Le secret détermine non seulement la forme de la relation, mais soulève également la question de la connaissance de l'autre. Cette idée, ô combien novatrice, on la doit aux études du philosophe et sociologue allemand Georg Simmel. Personne avant lui n'avait abordé cette question dans le champ des sciences sociales. Collègues, amis, amants, tous ne nécessitent pas le même degré de transparence et de proximité, mais il est possible de mesurer notre rapport aux gens qui nous entourent par le nombre de secrets qui nous séparent d'eux.

« J'ai revu mon père après qu'il a passé quinze ans en prison »

Avant d'écrire ce livre, j'avais une vision plutôt négative du secret. J'imaginais que son seul pouvoir était de détruire par le mensonge, les non-dits et les silences. Pourtant, il peut aussi rapprocher.

---

32. Disselkamp, Annette. « Le secret et la connaissance interpersonnelle : un fondement original du lien social. » *Sociologie et sociétés*, volume 44, numéro 2, automne 2012, p. 143-163. https://doi.org/10.7202/1012924ar

Dalia a 7 ans quand sa vie bascule. Sa mère lui explique que son père a fait quelque chose de grave et qu'il est désormais en prison, probablement pour très longtemps. Elle devient une enfant triste et tourmentée, habitée par un sentiment de honte permanent. Le nom de son père – le sien par extension – fait la une des journaux dans la petite ville où elle réside, et la rumeur va bon train. « C'est une sensation épouvantable d'être la fille de quelqu'un qui a fait du mal aux autres. La société le condamne, et nous avec. C'est comme si j'avais fait ou j'allais faire quelque chose d'horrible. On me juge pour des fautes que je n'ai pas commises. »

Quelques années plus tard, elle déménage, et laisse derrière elle cette part indigne de sa vie. Ce sera son secret. Elle raconte à la place que son père l'a abandonnée, ce qui n'est pas faux en soi, puisque c'est ce qu'elle ressent à ce moment-là. Pourtant, malgré la honte, la colère, et les mensonges, cette absence lui pèse et cela la dérange. Elle a l'impression de manquer de respect aux victimes et à leurs familles

Quand son père sort de prison, elle part vivre à l'étranger. Elle ne veut pas menacer l'équilibre fragile qu'elle est parvenue à rétablir. Cependant, à son retour en France, lorsque ce dernier fait le premier pas, elle se sent heureuse, malgré elle. Le jour venu, au moment de le retrouver, c'est un choc. Ils se fixent plusieurs rendez-vous, réapprennent à se connaître, puis petit à petit, son père se laisse aller. Il pleure, s'excuse, reconnaît les souffrances qu'il lui a causées, ainsi que la responsabilité de ses actes impardonnables. Il lui explique qu'il n'attend rien d'elle, qu'il souhaiterait simplement profiter du temps qu'elle acceptera de lui accorder. « À ce moment-là, je décide de faire la paix avec moi-même, de me défaire des conflits et des angoisses qui m'accompagnaient depuis plus de quinze ans. »

Ce secret, elle n'en parle à personne. Quand je lui demande pourquoi, elle me répond qu'elle a fourni tellement d'efforts pour ne plus être associée au mal causé par son père, qu'elle ne conçoit plus de revenir en arrière. « Si je le cache », me précise-t-elle, « c'est aussi parce que je sais que beaucoup condamneraient mes choix sur l'autel de la morale. Pourtant, personne ne peut imaginer ce qu'ils m'ont coûté. Je ne veux pas avoir à me justifier, encore moins être jugée. J'ai peur de me tromper sur lui également, qu'il rompe ses promesses, et que je doive subir à nouveau l'humiliation publique et l'abandon. »

Et puis, il y a sa famille qui ne comprendrait pas qu'elle ait renoué avec cet homme après tout le mal qu'il leur a causé. Avec ses amis, cela se complique un peu plus encore : comment revenir sur son mensonge ? Seul son mari est au courant. Elle s'est confiée à lui après plusieurs mois de relation, ce qui les a beaucoup rapprochés. « C'était une réelle mise à nu, il me connaissait enfin, moi et toute mon histoire. » Alors quand son père reprend contact avec elle, c'est naturellement qu'elle le raconte à son compagnon. Dans le couple de Dalia, l'amour et l'engagement supposent une transparence totale. Leur relation repose sur une intimité forte : elle est la seule porte, toujours ouverte, pour laquelle il n'y a pas besoin de clé.

Pendant longtemps, je ne révélais la maladie de ma mère qu'aux personnes qui m'étaient vraiment proches. Je n'en ai pourtant jamais eu honte, je considère même qu'elle fait partie de mon parcours. Mais quand on est enfant, vivre avec une maman en mauvaise santé, c'est vivre dans l'insécurité, alors je n'en parlais pas. Elle-même choisissait ceux qui étaient dans la confidence et ceux qui ne l'étaient pas. Elle m'a appris le caractère précieux de ces secrets qui nous définissent, et ce que cela représente de responsabilité pour ceux à qui on les transmet. C'est en respectant son intimité que j'ai construit la mienne. Avais-je vraiment envie que ce pan si personnel de mon histoire influence mes relations ? Certaines fois oui, d'autres non. Aujourd'hui, j'en parle naturellement à ceux et celles en qui j'ai confiance et dont je sais que leur attitude vis-à-vis de moi n'en sera pas modifiée. Systématiquement, je sens que mon lien s'en trouve renforcé. Ce secret partagé est un cadeau.

« Je pleure – de violents sanglots – lorsque j'ai un orgasme »

Parfois, c'est le secret qui crée l'intimité, d'autres fois, c'est l'inverse. Quoi qu'il en soit, les deux avancent main dans la main.

« Je pleure – de violents sanglots – lorsque j'ai un orgasme » me confie Olivia. La première fois, c'est avec son premier amour, dans un élan de bonheur intense. Son petit ami s'inquiète tout de suite de savoir si elle va bien, si elle a mal. Elle le rassure et lui explique qu'il s'agit simplement d'un trop plein d'émotions qu'elle ne parvient pas à contenir. Plus tard, elle fait « l'erreur » de confier son secret à ses nouveaux partenaires pour qui cela devient un défi. « Ils cherchaient la performance. Les gestes étaient alors presque brutaux. Peut-être étaient-ils agacés de ne voir aucune larme dans mes yeux. C'était malsain », regrette-t-elle.

Blessée par ces comportements intrusifs et violents, Olivia traverse une période sans relations jusqu'à rencontrer un homme avec qui elle peut à nouveau lâcher prise. Et là, les sanglots reviennent. Elle comprend qu'ils apparaissent lorsqu'elle aime profondément. « C'est un peu comme une jauge. Quand j'atteins ce niveau de plaisir, je me mets à pleurer. »

Ce que je trouve passionnant dans son histoire, c'est la valeur performative de son secret. Elle n'a pas besoin de le confier, il se réalise devant les yeux de ceux-là mêmes qui peuvent le recevoir, ceux dont elle se sent la plus proche. C'est ce qui a poussé certains de ses partenaires à l'envisager comme un but en soi, tuant de fait toute possibilité d'intimité. Le secret d'Olivia est précieux : le dire ne suffit pas, il est préférable de le taire et de laisser les personnes choisies le révéler. Aujourd'hui, Olivia ne prévient plus aucun de ses compagnons : « Je ne suis pas un défi qu'on se lance », conclut-elle.

Le secret est le ciment de l'intimité. Une fissure dans l'un, et l'autre s'échappe.

« J'ai une relation secrète depuis deux ans avec un ami que l'on cache à nos partenaires respectifs et au reste du monde »

Il arrive aussi que le secret se nourrisse de ne pas être partagé. C'est le cas d'Albane lorsqu'elle est tombée amoureuse de Paco, déjà en couple, et qu'ils se sont lancés dans une histoire interdite. Si ce secret a eu des répercussions négatives sur elle, il est également un catalyseur de leur relation. Quand elle m'en parle, elle me présente celui-ci comme un trésor qui n'appartient qu'à eux, « une couche superposée qui emmène au plus profond de l'intime » précise-t-elle. Cette phrase m'émeut beaucoup. Parce qu'ils ont décidé de se faire l'un et l'autre confiance, « ce qui n'est pas donné à n'importe qui » et que ce secret a modifié leur rapport au monde. Lorsqu'ils se retrouvent en présence de leurs proches, ils sont les deux seuls à connaître la vérité. Cela crée de la complicité, mais aussi une certaine frustration, car personne ne peut attester de la véracité de leur relation. C'est un cercle à la fois vertueux et vicieux : le secret les unit et les enchaîne.

Si Albane a du mal à se positionner, c'est qu'elle est dépendante de ce non-dit qui existe pour contrebalancer le fait que Paco soit déjà en couple. Il ne lui est pas exclusif, mais Albane trouve son compte dans l'exclusivité du secret. Aujourd'hui, elle juge cela comme étant « malsain », car « l'amour devrait uniquement se baser sur les sentiments partagés entre deux personnes, point », ajoute-t-elle, la voix teintée d'émotions.

Le secret peut devenir aliénant. Il ouvre un monde parallèle à ceux qui le détiennent, dans lequel ils peuvent évoluer librement. L'intimité qu'Albane et Paco ont construite n'existe que parce qu'ils l'ont décrétée. Albane aurait besoin que cette intimité s'ancre dans le réel, car ce monde à part nourri d'illusions et de fantasmes déçus manque de consistance. Avec le temps, le secret a créé chez Albane une relation de dépendance qu'elle juge pernicieuse. « Je veux honorer ce secret, le faire perdurer, le cajoler, alors que c'est en en sortant que notre amour pourrait s'épanouir. C'est paradoxal. »

Il y a d'un côté la peur que tout s'arrête, de l'autre, la lassitude face à l'illusion. Le secret est le lieu du fantasme, et celui-ci est dangereux car le retour à la réalité peut être très brutal. Dans l'histoire d'Albane, celui-ci a un statut ambigu et contradictoire. À la fois il lui donne l'impression d'être plus proche de Paco, mais en même temps, il l'en éloigne. L'intimité perd-elle de sa substance si elle n'existe pas aux yeux des autres ? Mon amoureux dit souvent que si un arbre tombe dans la forêt, il ne fait aucun bruit, parce que personne n'est là pour l'entendre.

« Je suis amoureuse d'une femme polyamoureuse et je ne sais pas si je m'oublie dans cette histoire »

L'intimité peut donc se définir par le nombre de secrets que l'on partage avec l'autre, mais aussi par notre capacité à en créer pour le protéger. Juliette me confie avoir des sentiments pour Amélia, qui est polyamoureuse. À sa partenaire, Juliette dissimule ses peurs de ne pas être la seule, et à son entourage, elle tait la particularité de leur relation. Quand je lui demande en quoi cela constitue un secret, elle me répond qu'au début, elle parlait librement de sa relation à ses amis et à sa famille. Mais lorsqu'elle leur a expliqué qu'Amélia était éprise d'une autre et que Juliette le vivait mal, ils lui ont conseillé de mettre un terme à cette histoire qui ne lui faisait, a priori, pas de bien. Et comme elle n'y arrivait pas, elle a préféré travestir la vérité.

Aujourd'hui, son entourage pense qu'Amélia est dans une relation exclusive avec Juliette, ce qui n'est pas la réalité. Quand j'essaie de creuser un peu plus, elle me répond « Je n'ai pas envie de trahir l'image d'Amélia alors je mens pour la protéger, car je sais que sa manière d'aimer ne serait pas comprise, et également parce que j'ai peur que mes amis et ma famille voient que je souffre. »

Ici, à nouveau, le rapport entre secret et intimité est ambigu. Juliette n'ose pas confier ses doutes à sa compagne de peur qu'elle renonce à leur histoire, mais ce secret l'éloigne aussi d'Amélia en troquant une séparation contre une proximité illusoire. Vis-à-vis de ses proches, Juliette tente de préserver la personne à qui elle tient, en dissimulant un aspect fondamental de leur relation.

J'ai déjà menti par amour, construit des mondes parallèles pour protéger l'autre jusqu'à y croire moi-même. Je le faisais pour eux autant que pour moi, car mettre en péril ceux auxquels on est attachés, c'est se mettre en péril soi-même. L'amour, quoi qu'on en dise, lie les existences, les responsabilités et les secrets. Souvent, c'est lorsque l'intimité se brise que la vérité éclate.

« Mon père a tenté de se défenestrer devant moi »

Au cours de mon enquête, d'autres récits sont venus contraster le lien étroit qui existe entre secret et intimité. Parmi eux, l'histoire de Solène m'a bouleversée. Le difficile et lourd secret qu'elle partage avec un proche n'a en rien entamé leur relation, ni leur proximité, mais l'a teintée d'une manière particulière.

Solène a toujours eu des rapports très mouvementés avec sa famille. Chez elle, on ne parle pas, on hurle. Un jour, pendant les vacances, lors d'un dîner au restaurant, la discussion s'envenime avant d'exploser à l'hôtel. Chacun crie dans son coin, et seul le père fait les cent pas en marmonnant. N'en pouvant plus, il part s'enfermer dans une autre chambre. Solène, inquiète, le rejoint pendant que le raffut continue à côté. Tout à coup, son père hurle et se précipite vers la fenêtre. « Il l'ouvre brutalement et tente d'enjamber la balustrade. Ni une ni deux, je lui saute dessus, et le tire de toutes mes forces en arrière. Il cède, et s'écroule par terre », poursuit-elle la voix tremblante. « Je suis la seule à assister à la scène. »

Sa mère arrive alors dans la chambre et les aperçoit tous deux au sol, sans comprendre ce qu'il se passe. « Qu'est-ce que tu as fait ? » lui répète-t-elle. « Rien, rien du tout » répond-il comme un enfant qui essaierait de cacher sa bêtise. Après cela, la dispute s'arrête net et tout le monde part se coucher. Seuls restent Solène et son père. « Il tente de me rassurer en me murmurant qu'il n'aurait jamais commis l'irréparable, qu'il nous aime trop pour ça, mais qu'il n'en pouvait plus sur le moment et qu'il ne voyait pas d'autre issue. » Ils rejoignent tous les deux leurs chambres et n'en reparlent plus jamais.

Aujourd'hui encore, Solène garde tout cela pour elle. Lorsque je lui demande si ce secret les a rapprochés, elle me répond directement : « Notre relation n'a pas vraiment changé. Avec mon frère et ma sœur, ça a modifié nos rapports en revanche. Quand ils parlent de lui, ils ont parfois des propos qui me rappellent qu'ils ne sont pas au courant. Ce secret que j'ai découvert, j'ai l'impression que ça donne à mon père une sorte d'immunité. J'ai plus de mal à lui en vouloir qu'avant parce que je sais qu'il ne va pas bien. »

Si le secret l'a un peu éloignée de son frère et sa soeur, il n'a pas tellement renforcé l'intimité que

Solène entretenait avec son père, mais a plutôt infléchi leur rapport par une empathie pudique.

Alors, comme je le posais en début de chapitre : que signifie se connaître l'un l'autre ? Chacune de nos relations se nourrit d'informations interpersonnelles. Nous ne disposons pas tous des mêmes, ce qui crée des affinités avec certains ou au contraire creuse des différences, comme c'est le cas dans la fratrie de Solène. Découvrir les secrets de ceux qui nous entourent n'impacte pas forcément le rapport qu'on entretient avec eux, mais peut en revanche influer sur la manière dont on les perçoit.

J'ai 11 ans. Mes parents sont séparés depuis mes 3 ans. Je ne vois pas beaucoup mon père. Il vient me chercher à la danse une fois par semaine et il m'arrive de le rejoindre en vacances. Pour autant, je n'ai jamais dormi chez lui. Dans les moments que nous partageons ensemble, je dois faire un effort pour entrer dans son univers. Je me retrouve à faire du ski nautique en plein hiver pour me rapprocher de lui. Mais lorsque je rentre à la maison, ce n'est pas ce sentiment de proximité qui m'habite.

Un été, je décide de faire mon stage dans son entreprise, pensant naïvement nouer quelque chose de différent avec lui. Pourtant, dès le premier jour, je déchante. Je ne suis qu'une stagiaire parmi les autres, ce que je trouve normal avec le recul. Mais à l'époque, j'étais dans une telle quête d'acceptation que tout me faisait souffrir. Lorsque, des années plus tard, je découvre une partie de l'enfance de mon père, mon regard évolue. J'apprends qu'il a grandi avec une femme qui n'était pas sa mère, qu'il a toujours cherché sa place dans une famille qui n'était pas la sienne, et surtout, qu'il ignore plein de choses sur son identité et son histoire. Avec ces informations, j'envisage sous un jour nouveau toutes les facettes de notre relation, même celles qui me faisaient souffrir. J'accède à une nouvelle clé de compréhension qui rend mon propre vécu moins douloureux. Cela ne nous rapproche pas plus, mais je ressens désormais de l'empathie pour lui. Je ne pense pas que mon père ait eu conscience de cette évolution. Ça n'appartient qu'à moi.

Partager son secret avec quelqu'un, c'est lui donner les moyens de mieux nous comprendre.

« *Ma mère a fait son* coming out *lesbien après avoir quitté mon père* »

Bien sûr, comme toute règle qui se respecte, il y a des exceptions. Le secret est un animal étrange qui éloigne les êtres autant qu'il les lie. On peut entretenir une proximité forte avec quelqu'un sans pour autant tout lui révéler. L'expérience d'Eden le prouve : son secret, elle le raconte à qui veut l'entendre. Les seules personnes qui continuent de l'ignorer sont celles qui lui sont les plus proches.

Le secret est mystérieux, car il repose sur l'intimité, un principe vaporeux qui nous amène parfois à tort à amalgamer les deux notions. C'est un sentiment que j'ai beaucoup ressenti à la fin de mes relations, lorsque je me retrouvais allongée près du garçon que j'avais aimé, et que soudainement, j'avais l'impression qu'il n'était plus qu'un étranger. Physiquement nous étions proches, à quelques centimètres l'un de l'autre. Nous partagions le même lit, des souvenirs communs, et pourtant, nous n'étions plus intimes parce que mes pensées étaient déjà loin, que le cœur décrochait, et que le corps ne répondait plus. Dans ces moments-là, il m'est arrivé de me confier à des inconnus, le soir, tard dans la nuit. Il me semblait plus facile de me livrer à quelqu'un qui ne savait rien de moi, plutôt qu'à mon entourage. Alors, je partageais mes secrets, mais ce n'était rien de plus qu'une complicité passagère : voilà tout le paradoxe et le piège de l'intimité.

LE SECRET EST-IL POLITIQUE ?

Une chose me frappe tout au long de cette enquête, et je peux vous en faire part maintenant que nous approchons de la fin du livre : l'histoire du secret est souvent liée à celle des dominations. Le silence, comme le bruit, n'ont pas seulement une portée intime, mais aussi et avant tout politique.

« Le silence n'a jamais été sans violence »

Le secret est un diamant aux multiples facettes. Faites-le tourner entre vos doigts et vous aurez un révélateur de l'époque, particulièrement des oppressions et des dominations. Le pouvoir, quel qu'il soit, maintient les opprimés dans le silence par des mécaniques violentes et injustes. Ces derniers auraient beaucoup à bouleverser par leur parole.

Les outils de silenciation sont nombreux : la honte, l'humiliation, le transfert de responsabilité, la menace, l'ultimatum, la manipulation, l'abus de force ou d'influence… Le silence est une marchandise, et pas des plus banales : elle peut détruire des vies. J'ai cette phrase qui tourne en boucle dans ma tête depuis qu'Adèle Haenel l'a prononcée avec vigueur et émotion le 4 novembre 2019 dans son entretien donné à Mediapart pour dénoncer les attouchements et le harcèlement sexuel qu'elle a subis de ses 13 à 15 ans par le réalisateur Christophe Ruggia : « Le silence, c'est la meilleure façon de tenir en place un ordre qui est lié à l'oppression. Les gens qui n'ont pas accès à la parole, ce sont les gens opprimés. » Reprendre le pouvoir, c'est en quelque sorte, retrouver sa voix.

Je pense à Charlotte Lewis, à Robin M., à Renate Langer, à Marianne Barnard, à Valentine Monnier, qui ont toutes pour point commun d'avoir accusé Roman Polanski d'agressions sexuelles après qu'il a été condamné pour détournement de mineure sur Samantha Geimer aux États-Unis. Ces déclarations n'ont pas eu de conséquences juridiques, car elles intervenaient au-delà du délai de prescription : elles ont toutes mis entre vingt-sept et quarante-quatre ans à parler. Je ne sais pas si vous pouvez imaginer le nombre d'années, de jours, d'heures, et de minutes de silence que cela représente. Mais pourquoi avoir décidé de faire entendre leurs voix après tant d'années de mutisme ? D'abord, pour se soutenir les unes les autres. Ensuite, parce que les mots de certaines ont encouragé les autres à crier à la face du monde qu'elles aussi avaient été victimes de ce prédateur. La parole est contagieuse. Beaucoup moins que le silence cependant.

Si Renate Langer, actrice allemande, porte plainte pour viol contre Polanski le 20 octobre 2017, des années après les faits, c'est grâce au témoignage de Robin M. À l'époque, elle était alors âgée de 15 ans rappelons-le, et Polanski avait acheté son silence en lui demandant pardon et en lui offrant un rôle dans son film *Quoi ?*. Son statut et sa position le lui permettent : Polanski est un homme blanc, hétérosexuel, cisgenre, et réalisateur à succès. Du fait de la prescription, aucune condamnation n'est appliquée.

Valentine Monnier accuse Polanski de l'avoir brutalement violée dans son chalet à Gstaad alors qu'elle avait 18 ans. Les propos de cette dernière sont corroborés par plusieurs personnes, dont une connaissance du cinéaste qui accepte de témoigner dans une lettre anonyme après que Valentine s'est réfugiée chez lui, en état de choc, juste après les faits. Pourtant, il faudra quarante-quatre ans pour que la vérité éclate. Pourquoi ?

Aucune des victimes de Polanski n'a invoqué l'amnésie traumatique pour expliquer leur mutisme. Non, ces secrets et ces silences sont systémiques. Pourquoi parler lorsqu'on n'est jamais entendues ? Quand les plaintes ne sont pas prises ? Quand notre bourreau, par manipulation et emprise, nous a fait intérioriser le fait que l'on était responsables et que nous aurions de toute manière plus à perdre que lui ? Pourquoi parler face à un homme de pouvoir contre lequel nous ne serons – faute de preuves – jamais crues ? « Parole contre parole » comme on dit. Que cette expression est lourde de sens, maintenant que je sais que la parole contient des guerres. Je prends cet exemple de l'affaire Polanski, car il est frappant. Mais je pourrais en citer des milliers d'autres. Durant toute mon enquête, j'ai reçu des centaines de témoignages sur cette même thématique. Les raisons invoquées au silence sont toujours les mêmes : la peur de ne pas être crue, de ne pas être considérée comme victime, la honte, l'humiliation. Le schéma se répète à l'infini. Tous les silences, qu'ils soient liés à des violences sexuelles, racistes ou classistes, disent quelque chose du pouvoir qui les autorise.

Le secret est politique parce que le silence l'est et qu'il n'est pas imposé au cas par cas par des personnes isolées, mais par la société. La culture du viol, par exemple, qui rend les femmes responsables des agressions sexuelles qu'elles subissent, à cause de leur tenue, de leur heure de sortie, de leur maquillage, de leur alcoolémie, ou de leur comportement jugé « aguicheur ». On les culpabilise tellement qu'elles finissent par se taire. Leurs traumatismes deviennent des secrets dont elles portent seules le fardeau. Et si elles décident de parler, de témoigner devant la justice, elles ont de grandes chances d'être soupçonnées de vouloir se venger dans le cas où elles auraient moins de pouvoir que l'homme qu'elles accusent. Pourtant, il n'y a rien à gagner à se déclarer victime, et les conséquences sur la vie privée et professionnelle sont très souvent dévastatrices. Souvenez-vous de Léa[33]. Après avoir porté plainte contre son agresseur qui l'a violée alors qu'elle dormait, elle finit par partir en arrêt longue maladie, ne supportant plus la pression que ses supérieurs lui infligent pour qu'elle fasse machine arrière. Léa n'a pas obtenu d'argent. Elle n'a pas détruit la vie de l'homme qu'elle accusait. Non. Elle a été menacée et humiliée. Sans compter qu'elle n'a reçu aucun soutien, pas même de ses plus proches amies, tant et si bien qu'elle n'envisage plus qu'une reconversion professionnelle comme issue. Des exemples similaires, je pourrais en citer à la pelle. Ils ne sont pas des cas isolés. Quand je vous dis que le secret est l'arme des plus forts, je n'exagère pas.

Adèle Haenel, toujours dans le même entretien avec Mediapart, résume cela avec puissance : « Le silence n'a jamais été sans violence. Le silence est une immense

33. « J'ai été violée au sein de l'armée »

violence, un bâillonnement. » Parler, c'est déjà bousculer l'ordre établi. C'est créer une fracture dans les privilèges et les oppressions. Bien sûr, cela peut être violent, mais la parole, c'est aussi ce qui nous unit, c'est ce qui fait de nous un peuple. Se taire, c'est souffrir en solitaire. Rompez le silence comme vous manifesteriez. Parlez comme vous commettriez un coup d'État. Faites du bruit, révélez vos secrets comme vous mèneriez une révolution. Et entraînez les autres avec vous. Ce sont les mots de celles et ceux qui ne se sont jamais exprimés, qui, en s'amoncelant, renverseront l'ordre injuste du monde.

« Je suis intersexe et j'ai vécu des violences médicales »

Lorsque le *New York Times* demande à Adèle Haenel comment son témoignage a été reçu, après des dizaines d'années de mutisme, elle répond « Mon histoire a été comme un précipité en chimie, c'était le gramme de plus où on voit le précipité apparaître. » Cette image m'a tout de suite parlé. Le bruit ne laisse personne indifférent. Mieux, il dérange ceux qui détiennent le pouvoir et à qui le silence profite.

Quand j'écris à Gloria pour la première fois, je n'imagine pas encore la violence contenue dans son récit.

À l'âge de 13 ans, elle a l'impression que quelque chose cloche chez elle. Elle consulte plusieurs médecins qui la redirigent vers un CHU. Là-bas, on lui explique de but en blanc qu'elle n'est pas « normale », qu'elle a une pathologie grave, et qu'elle ne doit surtout pas en parler. C'est le premier pas vers sa silenciation. Elle est stérile et son corps produit naturellement des hormones de garçon, alors qu'elle est une fille. À compter de cet instant, elle se rend à l'hôpital tous les mois pour subir des examens qu'elle caractérise aujourd'hui comme des viols. À plusieurs reprises, des médecins introduisent un objet en elle « qui ressemble à un gode[34] ». Je ne m'attendais pas à cela. « Ce qui est difficile, c'est que je sais maintenant que les médecins n'agissaient pas dans le but de me faire du mal, au contraire ils voulaient m'aider, le problème c'est qu'ils n'ont pas su bien m'expliquer les choses et prendre le temps. Il faut qu'ils apprennent à mieux se renseigner sur les personnes intersexes », précise-t-elle.

Durant ces douloureux moments, sa tétanie l'empêche de s'exprimer. Elle se mord la langue pour

34. Dans le système médical, on appelle cet objet « une bougie », il s'agit d'un dilatateur vaginal qui permettait de mesurer la profondeur du vagin de Gloria pour qu'elle puisse plus tard avoir des rapports sexuels. Gloria a aujourd'hui elle-même un kit dilatateur, mais celui utilisé par les médecins n'y ressemblait pas, il était en métal et très froid.

surmonter la souffrance. C'est à 18 ans seulement qu'elle découvre qu'elle est en réalité intersexe et non malade comme on le lui répète depuis ses 13 ans[35]. Elle comprend alors qu'elle a subi des mutilations toutes ces années. Les médecins sont allés jusqu'à lui retirer certains organes qui auraient pu lui permettre d'avoir des enfants, car ceux-ci étaient jugés dangereux. « La réalité, c'est qu'ils ne croyaient pas à l'intersexuation. Nous ne sommes pas des monstres ou des extraterrestres.

---

35. Selon *Interaction*, « Les personnes intersexes ou intersexuées sont des personnes dont le corps possède des caractéristiques biologiques ne correspondant pas ou qu'en partie aux catégories binaires employées généralement pour distinguer les corps "femelles" des corps "mâles". » Par le prisme du corps médical, ces variations des caractéristiques sexuelles sont vues comme des « anomalies du développement sexuel ». Les opérations de modification du corps des personnes nées intersexes consistent à les faire conformer au corps type genré féminin ou masculin par des opérations (clitoridoplasties, vaginoplasties, ablations des gonades testiculaires) ou des traitements hormonaux qui durent parfois toute la vie. La France a été condamnée à trois reprises en 2016 par l'ONU pour ces mutilations sur enfants intersexes. Amnesty International, Human Rights Watch, la Délégation interministérielle à la lutte contre le racisme, l'antisémitisme et la haine anti-LGBT, la Commission nationale consultative des droits de l'homme et le Conseil d'État appellent à l'arrêt de ces mutilations. En juin 2018, le Conseil d'État estime que « lorsque le mineur n'est pas apte à exprimer sa volonté, seul un "motif médical très sérieux" peut justifier qu'un acte médical portant gravement atteinte à son intégrité corporelle soit mis en œuvre. »

J'aimerais me battre et assumer au grand jour ce que je suis, mais je n'y arrive pas. C'est toujours extrêmement difficile d'en parler. »

Les souvenirs de ces violences lui sont revenus en mémoire l'année dernière. Sur le moment, elle hésite à se confier à sa mère. Celle-ci se doute pourtant bien que sa fille lui cache quelque chose. Pour tenter de se remettre, Gloria a fui à l'autre bout du monde pendant presque un an. « Ce que j'ai subi m'a laissé de grosses séquelles psychologiques et physiques. J'ai énormément de mal à surmonter ce qui s'est passé, et il y a des journées très sombres. » Elle a récemment décidé de ne pas porter plainte contre les médecins qui l'ont malmenée.

La silenciation imposée à Gloria a agi de plusieurs manières. Lors du premier rendez-vous au CHU, on lui demande de ne parler à personne de ce qui lui arrive, et donc, de ce qu'elle subit. « Ils savaient qu'en n'évoquant pas mon intersexuation, je me tairais aussi à propos des violences qu'ils m'infligeaient. » Après chaque acte, les médecins la félicitent, mais Gloria se sent sale et humiliée. Cette contradiction la fait douter de ce qu'elle vit. Ce conflit intérieur fait qu'aujourd'hui, Gloria a encore des difficultés à raconter ce qu'il lui est arrivé. Pourtant, de nombreuses associations et psychologues le lui ont confirmé. Alors pourquoi ce silence ? Parce que ceux-là mêmes qui lui ont fait du mal ont une certaine autorité qu'il n'est pas simple de contester.

« C'est pour ça que le combat des personnes intersexes est compliqué, c'est pour ça qu'en procès on lutte pour se faire entendre, car c'est notre parole contre celle des médecins, et certains ont une grande carrière derrière eux », ajoute-t-elle. Toutes les voix ne se valent pas, et celles qui pourraient renverser le système sont bien évidemment tues.

Charlotte Pudlowski, dans son podcast *Ou peut-être une nuit,* consacré à l'inceste, évoque si bien ce phénomène de silenciation que je ne peux que la citer :

« Elle est tellement douloureuse cette parole de l'intime, elle contient des révolutions. C'est pour ça que parler est toujours si subversif, que l'on a si longtemps demandé aux enfants de se taire à table, de ne pas intervenir dans les conversations d'adultes, pour ça qu'on discrédite la parole des femmes en les qualifiant de potins, de cancans, de commérages, pour ça aussi qu'on la leur coupe dans l'espace public, qu'on refuse de les inviter sur scène, dans les panels ou pour recevoir des prix. C'est pour ça que depuis des millénaires la culture occidentale fabrique des mythes dans lesquels devenir un homme c'est d'abord faire taire les femmes. »

Et malheureusement, ce procédé s'applique dans le cadre du patriarcat, et plus généralement, dans toute relation d'oppression et de pouvoir.

« Et quand on parle de paroles, on ne parle pas juste des mots, on parle de la vie des gens »

Heureusement, la parole est contagieuse et peut, à mesure que la contestation grandit, faire tomber des frontières auparavant immuables. En s'accumulant, elles ne forment pas une cacophonie inaudible, mais un orchestre endiablé que rien ne peut arrêter. C'est d'ailleurs un peu l'effet que me fait l'écriture de ce livre. Ces voix qui se sont confiées à moi m'ont submergée, et j'ai dû parfois prendre du recul pour ne pas me laisser dévorer. Malgré cela, leur chant entêtant continuait toujours en arrière-plan. Toutes les paroles que j'ai dénouées m'ont donné le courage d'aller chercher la mienne et d'arrêter de me taire. Elles m'ont donné envie de m'engager. Tout à coup, je ne me suis plus sentie seule et fragile, mais puissante, comme je ne l'ai jamais été. Leurs voix ne sont pas des couteaux, ce sont des bombes, prêtes à exploser, et je rêve personnellement que tout explose.

Souvenez-vous de la vague #MeToo et de l'impact que ces deux petits mots accolés ont eu sur la société en inondant les réseaux sociaux. C'était une déferlante face à laquelle on ne pouvait plus fermer les yeux. Les chiffres sont vertigineux : en trois mois, Twitter recense trois millions de tweets avec le hashtag #MeToo. En un an, #BalanceTonPorc comptabilise 930 000 tweets ; #MeToo, 17,2 millions. Phénomène viral à l'origine, #MeToo s'est transformé en un mouvement social et politique à part entière. Tout à coup, la réalité du sexisme et des violences sexuelles a éclaté. Lorsque l'on voit l'augmentation de la courbe des appels passés au 3919, de 2016 à 2018, soit une progression de 105 %, on comprend que #MeToo a eu un impact sur la dénonciation de toutes les formes de violences envers les femmes et a renforcé la solidarité, la sororité, l'adelphité. Malheureusement, il reste encore beaucoup de travail. Parce que parler ne suffit pas, il faut aussi être entendu et que nos interlocuteurs agissent. Il n'empêche que #MeToo a permis des avancées modestes, mais notables : des lignes d'écoute ont été ouvertes, des plateformes ont été créées, de nouvelles formations ont été proposées aux policiers, des évolutions légales votées (amende contre le harcèlement de rue, délai de prescription du viol, etc.), mais c'est peut-être la société qui a le plus été impactée. Pour que le changement opère, il faut maintenant donner à cette parole un espace pour exister, et se tourner vers l'action.

Cet effet papillon, Adèle Haenel en parle très bien : « #MeToo m'a aidée à réaliser que mon histoire n'était pas juste personnelle, que c'était une histoire de femmes, d'enfants, qu'on porte toutes. Mais je ne me sentais pas prête à la partager au moment où #MeToo a émergé. J'ai mis du temps à faire le parcours personnel qui m'a permis de me placer comme victime. Je voulais vraiment libérer ça dans l'espace public pour que ça libère d'autres paroles. Et quand on parle de paroles, on ne parle pas juste des mots, on parle de la vie des gens. »

Cette phrase résonne depuis 2019 dans ma tête, si bien que je la connais par cœur : « Et quand on parle de paroles, on ne parle pas juste des mots, on parle de la vie des gens. » Parler sauve des vies. Cette vérité pourrait me faire fondre en larmes.

C'est la raison pour laquelle Adèle Haenel voit sa parole comme une responsabilité, qu'elle peut endosser, car elle est en mesure de le faire, ce qui est très important à préciser pour ne pas culpabiliser les autres victimes qui ne se sentiraient pas prêtes à témoigner : « Je travaille suffisamment, j'ai des projets dans la vie, j'ai un confort matériel, j'ai des alliances qui font que je ne suis pas dans la précarité de la plupart des gens à qui ça arrive. Si je voulais le faire, c'était pour en parler à elles et à eux, pour leur dire qu'ils ne sont pas tout seuls.

On peut survivre, parler est une façon de dire qu'on survit. »

La parole, c'est ce qui nous unit en tant que peuple, et c'est aussi ce qui fonde notre humanité. Les oppressions survivent car elles sont rendues possibles par tout un système de silence et de complicité. Nos récits nous émancipent, et raconter devient alors une nécessité. S'emparer des histoires des autres pour faire éclore la nôtre, c'est faire société et reconstituer ce qui fonde notre collectif. Je ne vous enjoins pas à confier tous vos secrets, ni même à partager chacune de vos pensées. Je vous dis juste que certains de vos secrets ont le pouvoir de changer le monde. Et qu'il faut maintenant que le monde vous offre l'espace nécessaire pour le réaliser.

MON SECRET

C'est étrange d'arriver à la fin de cette enquête. Je me revois, il y a un an, à ne pas savoir par quel bout la prendre. J'avais peur que chacun des secrets soit traité isolément, sans aucun fil conducteur. Je n'avais pas imaginé que ce livre allait mettre en circulation une parole et faire résonner des silences entre eux. J'ai simplement dû orchestrer cette symphonie discrète qui s'harmonisait un peu plus après chaque entretien.

Puis une autre magie a opéré. Chacune des personnes dont j'ai croisé le chemin et qui m'a donné accès à son intimité ouvrait également une porte en moi. Parfois, je rechignais à saisir la poignée, parfois je m'empressais de passer la tête dans l'entrebâillement, mais à chaque fois, cela me donnait plus de force dans le fond du ventre.

Ce livre est une quête de vérité, de récits, de bruit. J'ai erré parmi tous ces témoignages, j'ai essayé de les déchiffrer, de les dénouer, de remonter à leurs racines pour les comprendre. J'ai rencontré des gens merveilleux qui m'ont livré des histoires bouleversantes. Chaque fois, j'ai pu me raccrocher à leur vécu, même s'il était différent du mien. C'est comme si je retrouvais des fragments de moi éparpillés dans leur récit. À force de chercher la vérité des autres, j'ai eu envie de découvrir la mienne. Parce qu'au fond, si ce sujet m'intéresse tant, c'est qu'il existe en moi quelque chose qui reste à dénouer et qui ne demande qu'à voir le jour.

Les secrets sont des armes politiques. J'ai eu l'impression, en donnant la parole à celles et ceux qui s'en privaient ou qui en étaient privés, d'entrer dans une forme de résistance, gonflée de nombreuses voix, face au gouffre du silence. Je crois fermement que c'est une telle union qui renversera les systèmes oppressifs et dessinera le monde de demain. Aujourd'hui je veux faire partie de cette révolution. Je veux y associer mes cris et déterrer mes silences. Je veux parler aux gens que j'aime. Je veux que la parole circule. Je veux la saisir, la contempler, la gonfler et m'y engouffrer.

Depuis le début de cette enquête, j'ai interrogé des centaines de personnes, de tous âges, de tous milieux, de tous genres, de toutes nationalités. Petit à petit, j'ai parfait mes techniques d'entretien. Je parvenais chaque fois à mieux les orienter, à trouver ma place, à défricher des émotions timides sans trop en faire. J'arrive à la fin de cet ouvrage avec une sensation d'inachevé cependant.

Alors j'ai appelé ma mère. Je lui ai demandé si je pouvais la rejoindre la semaine suivante dans le sud pour finir d'écrire mon livre. Elle était ravie. J'ai ajouté que je voulais aussi, et surtout, évoquer les secrets qui ont hanté notre famille.

J'ai 30 ans aujourd'hui. Je garde encore le souvenir intact des mercredis après-midi passés chez ma mamie à faire des collages. Je me souviens de son rire étouffé, du son qui émanait de la télé constamment allumée, des beignets au goûter et de la chambre rose dans laquelle je dormais. Je me souviens de tout. Surtout de la facilité que c'était d'être enfant et d'ignorer les secrets qui pesaient sur notre famille en toile de fond. Grandir, c'est prendre conscience que l'on habite des maisons peuplées de silences.

Aujourd'hui, ma grand-mère a 80 ans. Cela fait sept ans que je ne lui ai pas rendu visite, à cause d'une brouille entre ma mère et elle. Je voudrais retourner la voir pour lui demander de me confier son histoire. Que l'on s'asseye l'une en face de l'autre et que pour la première fois on ne parle pas de la pluie, du beau temps, et de si je cuisine correctement à Paris. Qu'elle me raconte comment elle est arrivée en France, si elle était amoureuse de mon grand-père, comment se sont déroulées sa première grossesse, et toutes les autres. Je veux savoir qui elle est et ce qu'elle a traversé pour mieux comprendre d'où je viens, d'où vient ma mère, et ce qui nous attend si nous continuons à nous taire.

S'il y a bien quelque chose que j'ai appris en écrivant ce livre, c'est que les secrets n'impactent pas que ceux qui les portent. Alors, je glisse à ma mère que je souhaite qu'elle m'explique ce que cela lui a fait de grandir dans une famille qui en était remplie. Elle prend quelques secondes pour me répondre puis dit en riant : « Oh tu sais, ma manière de survivre à moi, ça a été de tout oublier. J'ai oublié tout ce qu'on me cachait ! » Je ris avec elle, mais je suis sous le coup de l'émotion. Elle aussi je crois. À mesure que la conversation avance, elle semble plus inquiète, et me prévient quc réveiller tout cela risque d'être compliqué, puis elle conclut d'une voix douce : « Fais ce qui te semble bien, mais préviens les personnes impliquées pour les aviser de ta démarche. » Je raccroche, le cœur à la fois lourd et léger, et je prends mes billets de train pour partir.

*

Cela fait trois jours maintenant que j'ai eu cette conversation, et je n'ai toujours pas pris contact avec les concernés. J'ai peur que cela réveille des souvenirs trop douloureux, ou que ma grand-mère me ferme la porte au nez. C'est un peu comme donner un coup de hache dans le nid. Mais je crois que j'en ai besoin, et que ma famille aussi, même s'ils ne le savent peut-être pas encore. Demain, je rédigerai cet e-mail et je prendrai mon téléphone.

*

Je me suis tournée plusieurs fois dans mon lit ce matin avant d'en sortir. Je commence par écrire à mon père. Un mail bien plus long que ce que j'aurais imaginé. Je m'exprime comme si j'allais être la seule à le lire. Je m'adresse à lui autant qu'à moi. Je ne l'envoie finalement que quatre jours après. Tout de suite après avoir appuyé sur « envoyer », je ferme mon ordinateur et entame les cent pas dans le salon. Des pensées angoissantes se déchaînent dans ma tête : « Imagine s'il t'appelle au lieu de te répondre par écrit, ou pire encore… s'il ne te répond pas du tout ou demande à te voir ? » Je n'aurais pas cru que ce livre me mènerait jusque-là.

En fin de journée, je reçois un coup de fil de mon père, mais prise de panique, je ne décroche pas. Je me détends, et je le rappelle. Il est ému et me rassure tout de suite sur le bien-fondé de ma démarche qu'il trouve plutôt saine avant d'ajouter en riant : « Bon alors, tu veux savoir quoi ? » Comme je suis entre deux métros, nous décidons de nous rappeler plus tard. La main tendue a été saisie. Ce premier pas est déjà incroyable.

Motivée par cette première expérience, je me résous à téléphoner à ma grand-mère le lendemain. Sept ans d'absence et de silence sont sur le point d'être rompus. La simple idée d'entendre à nouveau sa voix ma terrifie, comme si elle avait le pouvoir à elle seule de déclencher une tornade dans ma poitrine. La sonnerie retentit. Mon cœur se noue. Elle décroche à la dernière tonalité.

« – Allô ?
– Allô Mamie. C'est Morgane. »

Elle fond en larmes. Deux, trois secondes restent en suspens, puis j'essaie de poursuivre la conversation d'une manière naturelle, mais l'émotion me submerge. Rapidement, nous échangeons des nouvelles, comme si toutes ces années ne s'étaient pas écoulées. On discute du Covid, des confinements. Enfin, elle m'apprend avec beaucoup d'inquiétude dans la voix qu'on va lui retirer un rein, le lundi qui vient. À 80 ans, il s'agit d'une opération très risquée.

Je ne sais pas où me mènera cette enquête, mais c'est déjà merveilleux qu'elle m'amène à renouer avec des membres de ma famille.

Un flash me revient.

J'ai 10 ans et je me promène avec le chien aveugle de ma grand-mère dans la forêt derrière chez elle. C'est l'été, il fait chaud, les cigales chantent. Lorsque je rentrerai à la maison, je pourrai boire un grand verre de Pac à l'eau, rempli de glaçons. Au moment où j'entre dans la cuisine, ma mère et ma grand-mère arrêtent de parler. On ne peut pas tout dire devant les enfants. Je n'ai jamais cherché à savoir pourquoi.

*

Demain, je pars retrouver ma grand-mère en espérant de tout cœur qu'elle arrivera à me parler. Je me fixe un objectif : comprendre pourquoi le silence plutôt que la parole.

Ce voyage en train ne ressemble pas aux autres. Je me revois un an et demi plus tôt, à cette même place, lancer mon premier appel à secrets sur Instagram. Je sens que je reviendrai différente de ce séjour.

*

Je ne dors pas beaucoup la nuit qui suit. Je rêve de ma grand-mère, de sa maison. Je me casse une jambe en montant l'escalier qui y mène. À six heures du matin, je suis réveillée. J'envisage des dizaines de scénarios différents. Ce qui m'inquiète le plus, je crois, c'est l'amorce de la conversation. J'ai peur qu'elle se braque. Il me reste quelques heures pour établir une méthodologie. Ce mot me rassure, car il m'ancre dans une démarche professionnelle, et que j'ai besoin de ce recul pour ne pas me laisser submerger.

Pendant le petit-déjeuner, j'échange avec ma mère pour me préparer au mieux. Cette conversation nous permet d'aborder des sujets dont nous n'avons jamais parlé jusque-là.

« – Elle va tout te dire, j'en suis sûre.

– Il y a d'autres choses que tu veux savoir toi ?

– Tu pourras lui demander si quand elle était enceinte de moi, elle subissait des violences ?

– Mais pourquoi tu penses ça ?

– À cause de ma maladie. Selon ma kinésiologue, ça pourrait expliquer en partie l'origine de ma sclérose en plaques. »

Ma mère me dépose à bonne distance. Elle ne souhaite pas m'accompagner et je respecte sa décision. En remontant la rue qui mène jusque chez ma grand-mère, je me revois enfant faire de la trottinette à toute allure et jeter un œil chez les voisins en passant. Je revois ma mère passer l'aspirateur dans la voiture. Je revois aussi mon petit chiot traverser la route sans autorisation, je dois avoir 6 ans. Arrivée devant la maison, je prends quelques instants. J'observe le palmier qui a bien poussé depuis sept ans, constate que la façade est désormais rose, et arrête mon regard sur les longs escaliers où je me suis cassée une jambe cette nuit, en rêve.

Les retrouvailles sont émouvantes. Je lis sur son visage le poids des sept années qui viennent de s'écouler, comme la jeune fille qu'elle est restée. Je fais tout pour ne pas donner une envergure trop dramatique à la situation. Alors je plaisante. Je la complimente sur sa coiffure et sa nouvelle couleur. Elle rit. Ma mère, avant de partir, m'avait prévenue « Je suis sûre qu'elle t'aura préparé plein de beignets ! » et ça n'a pas loupé. Accompagnés de l'habituel « Mais tu n'as rien mangé, reprends-en un ! » J'envoie un message à ma mère qui semble très intéressée par ce qu'il se passe, mais aussi pour la rassurer, elle qui m'a vue si stressée ce matin. Son énergie m'entoure et elle est tellement forte que je me sens invincible.

Je propose à ma grand-mère que l'on s'installe près de la piscine pour que personne ne puisse nous entendre, pas même l'homme avec qui elle a refait sa vie. La conversation que je veux avoir avec elle nécessite du calme et de la discrétion. Pour l'instant, nos échanges se déroulent de manière naturelle. On rit beaucoup. Je retrouve ses mimiques, son accent qui m'avaient tant manqué. La façon qu'elle a de tordre toutes les expressions aussi. On se raconte nos vies, même si nous restons très en surface. Puis on aborde la question des enfants. Elle me demande si j'ai envie d'en avoir, si je me projette en tant que maman. C'est comme ça que tout commence.

« – Mais toi, Mamie, tu ne m'as jamais dit, à quel âge tu as eu ton premier ?

– Oh, j'étais jeune, j'avais 17 ans. Mais c'est une longue histoire. »

Sur le moment, elle semble ne pas savoir par quel bout la prendre. Je lui demande alors où elle habitait à l'époque. « Au Maroc. » A-t-elle grandi là-bas ? Elle me répond qu'elle a passé son enfance en Tunisie. Je suis surprise, car on m'a toujours parlé de la Guyane… Elle s'excuse si quelques éléments ne sont pas clairs, les faits commencent à remonter, et sa mémoire n'est plus aussi vive qu'alors. Elle m'explique que c'est son père qui était guyanais, et qu'elle vivait avec sa mère qui était secrétaire d'avocat, sa grand-mère, sa sœur et son oncle en Tunisie, à Sfax plus précisément. Son père était un militaire haut gradé qui a combattu en Indochine et en Allemagne. C'est en quittant la Guyane qu'il fait la connaissance de sa femme et qu'ils ont ensemble leur premier bébé, ma grand-mère. Mais trois mois après sa naissance, son père les abandonne, avant d'attaquer sa femme en justice pour récupérer la garde de ses deux filles, dix ans plus tard.

Un jour, tandis qu'elles rentrent de l'école avec sa sœur, des policiers débarquent au domicile familial, accompagnés de leur père et d'une assistante sociale. Elles doivent préparer leurs affaires et dire au revoir à leur mère. « Le cœur, il se casse d'un seul coup quand tu es arrachée à ta vie par un inconnu. » Je lui demande qui elle imaginait être son père à l'époque, elle me répond : « Je n'y avais jamais pensé. Il y avait mon oncle à la maison qui incarnait une figure masculine et c'est tout. »

Les voilà donc en chemin vers le Maroc. Le voyage en train est long. Il prend plusieurs jours. « On ne savait rien de ce type et pourtant on allait chez lui. » Soixante-dix ans plus tard, elle en parle encore comme s'il s'agissait d'un parfait inconnu. Je l'imagine, enfant, avec sa sœur, dans ces wagons rendus irrespirables par la chaleur, n'osant pas poser de questions. Ça me retourne le cœur.

Ils finissent par arriver à Meknès, où elles découvrent que leur père a refait sa vie avec une femme qui ne semble pas enchantée par leur présence. La chambre promise au moment de la visite de l'assistante sociale n'est plus, et sa sœur et elle se retrouvent à dormir sur la terrasse. Leur père refuse de les inscrire à l'école publique, alors elles rejoignent un établissement privé où elles apprennent la sténo le matin et la couture l'après-midi. Elles font également de l'équitation sur leur temps libre. À la maison, elles sont mises à l'écart.

Les cinq années qui suivent s'écoulent péniblement loin de leur mère. Puis, un jour, leur père tombe malade : un cancer de l'estomac incurable. Alors qu'il est à l'agonie, il glisse à ma grand-mère qu'il va falloir faire quelque chose pour elle. Elle est jeune – 15 ans à l'époque – et elle risque de se retrouver seule après sa mort. Elle ne comprend pas ce que cela signifie sur le moment. Quelques semaines plus tard, tandis qu'elle se prépare pour aller à l'école, on lui annonce qu'elle ne s'y rendra pas, car ce jour, elle se marie. « Je ne savais pas ce que c'était, parce que je n'avais pas ma mère pour me l'expliquer. » Je lui demande si elle n'avait jamais eu d'amoureux jusque-là. « Jamais. » S'ensuit un long silence. « Tu me racontes ton mariage ? »

Là commence une des parties les plus difficiles de notre entretien. Je vois qu'elle réfléchit à comment le formuler. Puis, les mots sortent d'une manière brutale.

« À minuit, il est venu me violer en respectant la tradition du foulard. Je ne sais pas si tu connais cette pratique. Tous les invités sont derrière la porte. Si le tissu est taché de sang, cela signifie que tu es vierge. Mais si tu ne saignes pas, on t'humilie devant tout le monde. » Je suis sous le choc. Le mot « viol » employé dans sa bouche me retourne le ventre. Je lui demande si c'est ce qu'elle a subi, et elle me répond que non en riant : « Je ne savais même pas comment était fait un homme. » Quand il entre dans la chambre et qu'il se déshabille, elle tombe dans les pommes une première fois. Il a vingt-cinq ans de plus qu'elle. Lorsqu'il force pour faire sortir le foulard de son corps, elle s'évanouit à nouveau, sous le coup de la douleur. Elle se réveille seule, à cinq heures du matin, pendant que tout le monde célèbre le mariage à l'extérieur.

Tout s'enchaîne très vite après la cérémonie. Elle emménage à son domicile, au Maroc, et passe ses journées à faire le ménage, chez eux et chez l'ex-femme de son mari, et à satisfaire le moindre des désirs de ce dernier. Déracinée et projetée une fois de plus dans une vie dont elle ignore tout, elle doit tout apprendre, sans possibilité de se confier à qui que ce soit.

Deux ans après son arrivée, elle accouche de son premier enfant seule à la maison. « Je n'avais aucune idée de comment faire. On ne m'avait jamais expliqué. » Savait-elle au moins qu'elle était enceinte ? Elle acquiesce. Heureusement, l'ex-femme de son époux, qui est sage-femme, vient l'aider à couper le cordon. Pas de répit, dès le lendemain, la vie reprend son cours et elle se remet au travail. C'est à ce moment-là que son mari commence à devenir agressif sans que ses gestes ne dépassent pour autant sa pensée. Ce qui ne sera malheureusement pas longtemps le cas.

Arrive l'époque de l'hôtel-restaurant que mon grand-père récupère en gérance. Situé dans une zone très touristique, c'est un carton. Ma grand-mère y travaille en tant que serveuse sans toucher aucun salaire. L'endroit connaît un si grand succès qu'un jour, en 1961, une personnalité politique haut placée du Maroc vient y passer la nuit. Il demande que la femme du patron le serve dans sa chambre. Malheureusement, dès qu'elle franchit le pas de la porte, elle comprend qu'il attend autre chose d'elle.

« – Il voulait que je passe la nuit avec lui.
– Il t'a forcée ?
– Oui, mais je ne me suis pas laissé faire. Je suis sortie. Il avait beau être roi, je n'en avais rien à foutre. »

Son mari, lui, ne dit rien.

Puis un jour, tout bascule. Des policiers débarquent à l'hôtel et arrêtent mon grand-père. Ma grand-mère se retrouve seule et sans ressource. Heureusement, l'ex-femme de son époux la loge dans une chambre qu'elle gère en pleine médina, et qu'elle doit partager avec ses trois enfants. Commence alors une période très difficile de restriction… Ce que ma grand-mère ignore, c'est que son mari a réussi à se défaire des griffes de la police et à fuir vers la France.

Au même moment, elle rencontre une assistante sociale qui l'aide à demander un rapatriement vers la France. Quand elle descend du bateau avec ses trois enfants, c'est le choc. Elle voit son mari, entouré de deux agents, qui l'attend sur le quai. Elle avait pourtant pris soin de voyager sous son nom de jeune fille…

« – Tu as ressenti quoi sur le moment ?
– Du dégoût. »

J'essaie de me représenter ma grand-mère à l'époque, les cheveux bouclés, le teint hâlé, arriver à Marseille avec mes oncles et mes tantes encore bébés. Je l'imagine anxieuse à l'idée de devoir à nouveau tout recommencer à zéro. Je lui demande si elle a réussi à développer des sentiments pour lui, au fil des ans ? Sa réponse me glace : « Jamais. J'étais avec lui et je ne ressentais rien. Les relations, c'était du viol à chaque fois. C'était horrible. » Je vois bien que ce souvenir la retourne, elle aussi. Alors, elle enchaîne, comme pour ne pas me laisser le temps de réaliser la violence de cette phrase.

Les policiers lui expliquent qu'elle doit suivre le père de ses enfants. Là, une assistante sociale les loge dans un hôtel à Paris, rue de l'Opéra. « On restait à la fenêtre toute la journée, on voyait plein de putes » ajoute-t-elle en riant. Commence un quotidien morne et routinier. « Je me sentais à nouveau prise au piège. » Par chance, elle retrouve l'adresse de l'oncle avec lequel elle a grandi à Sfax et qui habite désormais à Istres, dans le sud de la France. Il vient lui rendre visite à Paris, et, devant leurs conditions de vie, les aide à trouver une maison proche de chez lui, à Lavéra. C'est à Lavéra qu'elle tombe enceinte de ma mère.

Lavéra.

À l'évocation de ce nom, de nouveaux souvenirs me reviennent. Je suis enfant et nous nous y rendons pour passer la journée à la plage. Les pieds dans la mer et le sable qui me pique les fesses, j'observe les usines, plus loin. Je me demande si l'eau est contaminée. Quel sentiment étrange que de partager sa baignade avec de tels mastodontes.

Je repense alors à la question de ma mère, à propos de potentielles violences que ma grand-mère aurait subies durant sa grossesse, et malgré mes craintes, je me lance :

« – C'est là qu'il a commencé à te menacer physiquement ?

– Au départ, il était simplement agressif. Puis, à côté de chez nous, il y avait cette voisine qui vivait dans une grande villa, et qui me parlait beaucoup. Doucement, doucement, j'ai ouvert les yeux. Je prenais de plus en plus de liberté, et ça, il ne le supportait pas. »

Cette histoire m'émeut. Quand les femmes s'entraident, des révolutions individuelles peuvent jaillir. Et c'est de l'accumulation de ces révoltes intimes que naissent des mouvements plus globaux. J'aurais adoré retrouver cette personne pour l'interroger. Malheureusement, ma grand-mère ne se souvient plus de son nom.

Je lui demande alors s'il a continué quand elle était enceinte. Elle répond sans détour : « Oui… Il me frappait à coups de pied dans le ventre. » Je lui raconte que la kinésiologue de ma mère lui a confié que ces épisodes pourraient expliquer en partie sa maladie. Elle semble affectée et prend quelques secondes avant de revenir à elle.

Peu après, tout ce petit monde déménage pour s'installer dans un HLM à Croix-Sainte, à Martigues. La ville où je suis née et où j'ai grandi. Dans ce quartier, ma grand-mère accouche de son dernier enfant. Cinq en tout. Aux violences qui continuent s'ajoute une dépendance financière. Les allocations familiales arrivent sur le compte de son mari qui décide de retourner au Maroc pour ouvrir une boulangerie. Ma grand-mère se retrouve à nouveau sans ressources, et est donc obligée, une fois de plus, de consulter les services sociaux qui lui remettent des bons alimentaires pour nourrir ses enfants. Puis un jour, l'assistante sociale lui propose un poste à l'école primaire. Ma grand-mère y voit sa planche de salut, mais elle doute : elle n'a pas de qualification ni d'expérience… La jeune femme la rassure et c'est comme ça que ma grand-mère obtient son premier emploi officiel et rémunéré. Un nouveau pavé sur la voie de l'émancipation, et une fois de plus avec l'aide d'une femme.

Cette école, je la connais très bien puisque j'y suis allée. J'ai passé toute ma maternelle accrochée au cou de ma grand-mère parce que je ne supportais pas d'être séparée de ma mère. Tout le monde l'adorait. Mes copines m'enviaient ce lien privilégié avec cette femme qu'elles voyaient comme la douceur incarnée. Je n'avais aucune idée de comment elle était arrivée là.

Hélas, le bonheur est de courte durée. Son mari apprend la nouvelle et rentre en trombe en France. Un jour, sans la prévenir, il l'attend à la sortie de l'école. De retour à la maison, il la bat. Violemment. Elle a de nombreux bleus, les yeux tout noirs. Elle consulte alors un médecin qui constate ses blessures et les photographie. Il la dirige vers un avocat qui accepte de s'occuper d'elle à titre gracieux. Avec son aide, elle obtient le divorce. Entre-temps, son mari est reparti au Maroc et il reçoit la nouvelle par courrier. À nouveau, il revient en France comme une furie, mais cette fois, ma grand-mère s'est préparée à cette éventualité. La police prend le relais et interdit tout le secteur à mon grand-père. S'il veut voir ses enfants, ce sera en ville, mais eux ne le souhaitent pas et ma grand-mère me confirme ce que je pressentais : « S'il était violent avec moi, il l'était aussi avec eux. »

Je n'arrive pas à rebondir sur cette phrase. Elle me fait trop mal. Alors, elle poursuit son récit. « Il est parti habiter à Aix. C'est là qu'il a rencontré une nouvelle femme. Moi je ne voulais plus rien avoir à faire avec lui. Les petits étaient pourtant libres de lui téléphoner ou de le voir, mais c'était pareil pour eux. » Et puis, des années plus tard, elle reçoit un appel de cette femme qui lui annonce la mort de son ex-mari. Je demande à ma grand-mère ce qu'elle a ressenti en l'apprenant : « Rien. Du soulagement. C'est la première fois que je me suis sentie en sécurité. » J'étais très jeune, mais je me souviens du jour où ma mère a également reçu ce coup de fil. C'était le matin, je prenais mon petit-déjeuner sur le canapé. Je ne crois pas qu'elle ait exprimé une émotion quelconque, ce qui était assez déstabilisant pour moi.

Voilà. Nous y sommes arrivées. Je connais mieux mes grands-parents. Ma mère aussi, dans une certaine mesure. Je n'aurais jamais imaginé que la conversation soit si fluide. Maintenant que nous avons retracé l'histoire de sa vie, j'aimerais en savoir plus sur les répercussions que ces violences et ces secrets ont eues sur notre famille. Je lui demande si ses enfants ont assisté aux scènes qu'elle décrit. La question est difficile. La réponse l'est d'autant plus. « Enceinte ou non, ils ont tout vu. » Depuis toujours, les sœurs de ma mère disent d'elle qu'elle était une « fille à maman », parce qu'enfant, elle restait constamment agrippée au jupon de ma grand-mère. C'est une blague récurrente entre elles, et pour la première fois, je comprends mieux d'où lui venait ce réflexe. Ma grand-mère m'explique que c'est à compter du moment où ma mère a assisté à ces scènes de violences conjugales qu'elle a commencé à s'accrocher sans arrêt à sa jambe. Par ce geste, elle tentait en réalité, à sa manière, de la protéger.

Je me revois alors enfant. Depuis que mon père est parti, nous dormons toutes les deux avec ma mère dans un seul et même lit, dans un studio prêté par une de ses amies. Chaque séparation est un crève-cœur. Dès que je suis invitée chez des copines, mon pouls s'accélère.

Comment faire si le manque est trop fort ? Est-ce que je pourrai l'appeler pour qu'elle vienne me chercher ? Je ne marche pas accrochée à ses jupons, mais le cœur collé au sien, les anxiétés emmêlées.

« – C'est elle qui a le plus souffert » ajoute ma grand-mère, qui ne parvient plus à cacher son émotion.

– C'est-à-dire ?

– Elle était beaucoup plus fragile, plus sensible que les autres. Elle prenait tout sur elle sans jamais rien dire.

– Toute cette histoire, tu n'en parles jamais, non ?

– Jamais.

– Pourquoi ?

– Parce que personne ne me le demande.

– Et tu aimerais qu'on te le demande ?

– Oui, bien sûr.

– Tu as déjà pensé à ce que ce silence avait pu créer dans la famille ? »

Elle réfléchit longtemps. La question est-elle désagréable ou douloureuse pour elle ? Je suis surprise d'oser la poser.

« – On devrait toujours pouvoir parler de son histoire et interroger les gens qui nous sont proches. C'est important de connaître son père et sa mère, de savoir ce qu'ils ont traversé. Je pense même que psychologiquement, ça peut régler des problèmes. Et pas seulement pour les concernés. Pour les générations qui arrivent, aussi.

– Si tu ne l'as jamais évoqué, est-ce que c'est parce que pour toi c'est tabou ?

– Oui. Parce qu'il s'agit de leur père.

– Et est-ce que ça t'a manqué ?

– Oui, parce que je n'ai jamais rien dit à ce sujet. Tu es la première à qui je le raconte. »

Elle fond en larmes. Je n'arrive plus non plus à retenir les miennes. Que c'est beau que d'assister à la naissance de la parole chez une femme de 80 ans.

Je me revois enfant, me baignant dans la piscine pendant qu'elle prépare un atelier de poterie pour m'occuper durant la fin de la journée. Elle est jeune, agile, elle rit beaucoup. Moi, si j'ai hâte de commencer, ce n'est pas tant pour mes réalisations que pour décoller l'argile de mes doigts une fois que celle-ci aura séché. J'adore la gratter avec des petits ciseaux. Je sais que le soir j'aurais le droit de boire du Coca à table, et que je pourrais regarder la télé dans le lit de mamie, la tête contre sa poitrine douillette et réconfortante. Un de mes meilleurs souvenirs d'enfance.

« – C'est important de parler de tout ça. Pour toi. Pour nous. Pour moi, également. Parce que ce n'est pas seulement ton histoire, c'est celle de toute notre famille. La mienne aussi, j'ajoute.

– Bien sûr, toute cette violence, ces silences peuvent se transmettre de génération en génération s'ils ne sont pas dits. Sans parler des conséquences que cela peut avoir sur la santé. Te parler m'a enlevé un énorme poids. Maintenant tu sais. »

Maintenant je sais. Peut-être que le pouvoir de l'écriture de ce livre réside dans cette simple affirmation. *Je sais*. Parmi les millions de vérités, de versions, qu'il peut exister d'une même histoire, j'ai le bonheur d'en connaître une, et elle me suffit. Je sais, et je voudrais que ma famille entière sache également.

« – Quand tu étais petite, tu m'avais déjà posé des questions sur ma vie. Tu m'avais dit qu'un jour tu écrirais mon histoire. Je t'avais répondu que je ne voulais pas, mais désormais, je suis prête à laisser mes mémoires. J'ai envie que ma famille et les autres connaissent mon histoire. »

Quelque temps après son opération, je la rappelle pour lui demander si elle est toujours d'accord pour que je raconte son secret dans mon livre. Elle répond oui, sans aucune hésitation. Je pense que cette conversation est arrivée au bon moment dans sa vie. Pour la première fois, elle était prête à parler. Peut-être que la perspective de cette opération à risque a déclenché chez elle un instinct de survie au cas où les choses ne se dérouleraient pas comme elle l'espère.

C'est la fin de journée, j'écris à ma mère pour lui demander si elle peut venir me chercher. Lorsque je monte dans la voiture, ma petite sœur est là aussi. Toutes deux sont suspendues à mes lèvres. Ma sœur avec beaucoup d'impatience, ma mère avec une certaine appréhension. Je leur raconte tout, même le plus dur. J'essaie d'employer les mots justes pour ne pas les blesser, surtout ma mère. Nous pleurons ensemble. Moi qui ai toujours fui ce genre de rassemblements familiaux, je ressens à ce moment-là un sentiment d'accomplissement et de bien-être. J'ai l'impression d'avoir trouvé ma place parmi les miens. Longtemps j'ai pensé que je ne voulais pas savoir. Mais je me rends compte aujourd'hui que cette connaissance est nécessaire à celle que je suis en train de devenir en vous écrivant.

Posez des questions. Aux membres de votre famille. Aux gens qui vous entourent. À ceux que vous aimez. Souvent on n'ose pas. Parce que l'on pense que c'est tabou, que ça fera trop de mal de parler. Pourtant, il suffit parfois d'un mot pour tout déverrouiller. Aujourd'hui, j'ai privilégié la parole au silence. C'est peut-être, dans le fond, ce que j'ai toujours espéré.

*

Deux jours passent. Je suis incapable de réécouter l'enregistrement de ma conversation avec ma grand-mère. C'est encore trop tôt. Je sors me changer les idées. Nous nous promenons avec ma chienne, Pauleta, sur le front de mer. Dans l'après-midi, ma tante, Tata Nana, appelle. Elle semble très curieuse des révélations de ma grand-mère et me dit être disposée à me parler également si je le souhaite. Ni une ni deux, nous organisons un déjeuner le lendemain, où je convie ma mère. L'idée de confronter le récit de ma grand-mère aux vécus de ses deux filles m'intéresse. Cette conversation à trois me paraît d'autant plus à propos que ma mère ne se rappelle rien, alors qu'elle a assisté, enfant, à de nombreuses scènes de violences. Je vois dans ses oublis les causes de sa maladie, mais aussi, une amnésie traumatique. L'absence de souvenirs est parfois un moyen de survie. En déterrant tous ces secrets, j'espère aider ma mère à faire la lumière sur ce passé douloureux et que cela lui sera bénéfique.

Ma tante est heureuse de nous recevoir et de nous offrir la première ratatouille de la saison. J'aime être entourée des femmes de ma famille. J'ai la sensation rare qu'elles réconcilient l'enfant que j'étais et la femme que je suis en train de devenir. Nous parlons de tout et de rien, puis au milieu du repas, je leur demande si elles connaissent le prénom de leur père. Si je leur pose cette question, c'est que je ne les ai jamais entendues le prononcer. Jamais. Elles rient et me répondent de manière désinvolte : « Bien sûr ». J'insiste. Pourquoi ne l'évoquent-elles jamais ? Je les sens gênées. « On n'a rien à dire sur lui. On nous a appris à ne pas montrer nos sentiments, et dire simplement "ton père", "ta mère", ça va avec. »

Je réagis tout de suite en leur faisant remarquer que c'est quelque chose que notre génération valorise. « Tant mieux » répondent-elles en chœur. Puis ma tante ajoute : « Nous, c'est depuis que vous êtes là, les filles, qu'on s'autorise à dire "je t'aime". » Tout au long de la conversation qui suit, je décide de nommer leur père, volontairement. Chaque fois, elles éclatent de rire. Alors ma tante finit par lâcher : « Bon, si l'une de nous a envie de pleurer, on a qu'à prononcer son prénom à haute voix, comme ça, ça nous détendra. » Ce que l'on fait, et tout à coup, ce prénom devient étrangement « drôle ».

Je leur partage ce que m'a dit ma grand-mère à la fin de l'entretien. Si jusqu'à présent elle n'avait pas parlé, c'est parce que personne ne lui avait demandé, ce qui fait réagir ma tante et ma mère qui sont loin d'être d'accord : « C'est à elle de transmettre ! » La responsabilité de la parole est une question intéressante. Tout le monde semble se renvoyer la balle.

Tout de suite après, ma tante me dit que, contrairement à ma mère, elle, se souvient de plein de choses. Et qu'en plus de cela, un jour, en aidant ma grand-mère à faire ses papiers, elle est tombée sur le dossier militaire de son père. Je leur livre en retour tout ce que ma grand-mère a bien voulu me révéler. C'est assez perturbant, car, très vite, je me retrouve confrontée à des contradictions entre leur version et celle qu'on m'a racontée. Sur mon grand-père pour commencer. Ma grand-mère m'en a fait un portrait très sombre, alors que pour ma tante, elle leur en a toujours parlé avec une grande fierté... La réalité est mouvante et évolutive et le regard qu'on porte sur elle l'est aussi.

L'évocation du souvenir de leur père est douloureuse. Quand je demande à ma tante si ma grand-mère leur parlait de leur relation, elle me lance, à vif : « Elle répétait qu'il était un étranger dans sa vie, et que nous étions issus de viols. Il était clair que nous n'étions pas des enfants nés de l'amour. » Elle poursuit en me confiant qu'elle ne comprenait pas pourquoi il soumettait autant ma grand-mère. « Tous les soirs, elle devait lui laver les pieds en rentrant du travail, alors que lui ne faisait rien. Il partait constamment en vacances, nous, jamais. Il disait toujours que j'étais sa "gâtée", ce qui me gênait beaucoup. » Pour autant, regrette-t-elle le portrait à charge qu'il leur était fait de leur père ? Pour ma tante, sa mère n'aurait pas dû leur fournir autant de détails. Elle aurait aimé qu'elle lui parle aussi de ses bons côtés, car « tout le monde en a ». Je suis émue. Ce qu'elle dit en sous-texte, c'est la nécessité de croire qu'elle n'est pas la fille d'un monstre.

Considèrent-elles que la vie de leur mère était un secret ? Oui, pour ma mère. Ma tante est plus nuancée. « Ça a toujours été très tabou. Parfois, elle lâchait des informations brutes, sans pour autant entrer dans les détails. C'est un peu comme si aujourd'hui, elle avait besoin de justifier certaines choses. » Face au silence, leurs réactions diffèrent également. Si ma tante ne s'est jamais gênée pour poser des questions, ma mère, elle, s'est enfermée dans le mutisme pour ne pas déranger, mais aussi pour se protéger. Au fond, je sais qu'elle aimerait avoir des réponses, contrairement à mes oncles qui semblent ne pas s'y intéresser. Ou qui ont trop de pudeur pour le montrer.

« – On voulait à une époque faire un arbre généalogique. On a donc interrogé maman. Nos frères, jamais. Ils ne s'en sont jamais mêlés.

– De toute façon, tous les hommes sont "à l'écart". Nous avons une famille de femmes. »

J'aborde alors le sujet le plus difficile, celui des violences conjugales. Ma mère est silencieuse. Elle écoute attentivement et ne laisse rien paraître, même si je la sens bouleversée.

« – C'est en France qu'il a commencé, apparemment.

– Nous on voyait qu'il la battait, me répond ma tante.

– Maman ne s'en souvient pas… Mais toi tu te rappelles ?

– Oui, de tout. Nous non, mais il avait acheté un martinet en fer. Simplement, on n'en parlait pas entre nous, c'était tabou. À l'extérieur non plus, du reste, même si on savait que ce n'était pas normal. »

Ma mère finit par intervenir en interpelant ma tante :

« – C'est bien que tu te souviennes de tout ça parce que moi je n'aurais rien pu raconter. C'est comme si je n'avais pas vécu avec vous. »

Je me revois enfant, me lever aux aurores pour aller pique-niquer sur la plage avec ma mère, ma tante, et des amis à elles. Je veux monter dans la voiture de ma tante, car j'aime la musique qu'elle y passe. Je ne comprenais pas à l'époque l'intérêt de se réveiller si tôt pour assister à un lever de soleil. C'était une fantaisie d'adulte. Moi, ce qui me plaisait, c'était de pouvoir manger du saucisson au petit-déjeuner. J'adorais passer du temps avec ma tante : dormir chez elle, la retrouver aux repas de famille et discuter avec elle. Elle me faisait rire. Elle me pinçait les joues en m'appelant « ma boulette » chaque fois que je la croisais. Ça a toujours été plus facile de lui parler.

« Quelles ont été les répercussions de ce tabou dans votre enfance, et peut-être jusqu'à aujourd'hui ? » L'émotion monte et semble sur le point de déborder. La parole est plus difficile à dénouer. Je connais déjà les conséquences du secret sur la vie de ma mère : une sclérose en plaques. Elle porte d'ailleurs bien son nom. Les secrets sclérosent des vies. « Tout ce qu'on vit et ce qu'on est » avance ma tante d'une voix tremblante. Elle s'interrompt et prononce le prénom de son père pour que l'on rie et que la pression retombe. « Le tabou a imprégné toute notre éducation. On n'a pas reçu d'amour et aujourd'hui, on s'est tous construits sur des terrains psychologiques fragiles. Ça se ressent jusqu'à nos enfants. »

J'évoque ces traumatismes qui se transmettent de génération en génération, un peu à la manière d'une malédiction. « C'est marrant que tu emploies ce terme, car on a toujours pensé qu'il y avait quelque chose qui nous empêchait d'être heureux dans la famille et qui perdurait. » Un jour, pendant une séance d'hypnose, un souvenir très lointain refait surface dans la mémoire de ma tante. Il se serait passé quelque chose de tragique du côté de leur père : une malédiction ancienne qui se serait transmise dans le temps.

Mais comment se défaire d'un tel poids ? « Il faut savoir d'où tu viens. Aujourd'hui, c'est comme si on se battait contre quelque chose dont on ignore tout. » Ma mère m'explique alors qu'aux premiers stades de sa maladie, elle avait commencé un travail de fond à ce sujet avec une kinésiologue, mais comme ma grand-mère ne voulait pas répondre à ses questions, l'introspection avait tourné court. Elle ajoute que peut-être, avec cette enquête, je sauverai notre famille. Une larme coule sur mon visage.

Savoir. Parler. Comprendre. Connaître. Je m'enivre de ces quatre verbes. Pourtant, j'ai toujours évité les sujets douloureux avec mes proches. J'anticipais leur pouvoir de bouleversement, sans imaginer qu'ils pouvaient être la clé. Voyez comme une fois que la parole se libère, elle se répand en souvenirs, en partage, en mots, et balaie tout à coup les silences et les non-dits. J'ai bon espoir que ces quelques mots entraînent la guérison dans sa folle danse. Celle de ma mère pour commencer, mais aussi celle de toute notre famille et de notre lignée.

Forte de ces deux journées d'entretien, je décide d'appeler mon père. C'est peut-être la partie de l'enquête que j'appréhende le plus, et pour cause. Je le questionne sur sa mère, mon autre grand-mère donc, en confrontant avec lui le peu que je sais d'elle, mais me retrouve très vite face à un mur de douleur. L'image qu'il a de ma grand-mère est en tout point opposée à celle que l'on m'a transmise jusqu'ici. Le problème, c'est que celle-ci n'est plus là aujourd'hui pour nous raconter sa vérité. La conversation est dure, mais en dépit des blessures, et des rancœurs, mon père fait tout pour me répondre le plus sincèrement possible. Les interrogations qui me paraissaient simples de prime abord ouvrent en réalité vers de nouveaux champs, plus profonds et douloureux, auxquels je ne suis pas sûre de vouloir me confronter, par respect pour sa volonté. À la fin de l'appel, il me dit la voix teintée de fierté « Tu as de l'avance. Moi j'ai passé trente-cinq ans de ma vie à être en colère plutôt qu'à essayer de comprendre les autres. Toi tu as sauté cette étape. C'est beau. »

Je suis bouleversée par toute la souffrance qui émane de ses mots. Je réalise qu'il n'est pas prêt et que je ne peux pas forcer tous les membres de ma famille à s'inscrire dans une démarche similaire à la mienne. Parfois, le silence, même des années après, continue de sembler réconfortant. Si je dis « sembler », c'est parce que je suis convaincue que cela évoluera. Briser ce mur qu'il a érigé, ce serait faire remonter à la surface tout un pan de sa vie qu'il voudrait voir disparaître. Je respecte cela. La décision lui revient. La parole peut prendre du temps et ce temps est précieux, il ne doit pas être volé. Les silences appartiennent à celui ou celle qui les détient. Quant à mon père, je serai là pour lui quand il sera disposé à parler. Cette conversation que nous venons d'avoir ne sera pas la dernière. Elle a déjà ouvert de nombreuses portes. C'est important de tendre la main, même si la personne en face n'est pas encore prête à la saisir. Parce qu'il y aura toujours un moment où elle se souviendra de l'espace de dialogue possible qui existait alors.

Je me sens comme une nouvelle femme en quittant le sud. Le train démarre, et pour la première fois depuis le début de mon séjour, je fonds en larmes, sans aucune retenue. En quoi suis-je différente de celle que j'étais avant de recueillir ces vérités ? Les secrets ne m'ont pas changée. C'est le courage d'avoir osé parler et d'avoir amené les membres de ma famille à se confier également qui m'a changée. Je me sens invincible. La parole est ma nouvelle arme et personne ne pourra plus me l'enlever désormais. Je me sens libérée, alignée encore plus droit, encore plus fort, dans ce que je suis et là où je dois être. Conscientiser les drames et les traumatismes libère d'un poids. C'est un talisman, beau et tristement sublime, que je dois à ma grand-mère, ma mère et ma tante. Quand j'ai compris que derrière les récits qui ne se recoupaient pas, il y avait des souffrances, j'ai pu pardonner aux vivants, prier pour leurs morts et soigner des blessures fantomatiques dont je ne me savais pas l'héritière. Contrairement à ce que les victimes croient, le silence n'apaise jamais, il étouffe.

J'aimerais citer l'une des nombreuses personnes à m'avoir écrit suite au partage de mon enquête familiale : « Choisir le bruit au silence, c'est choisir d'être libre. Après tout, la nature n'est pas silencieuse. »

CONCLUSION

L'avalanche de messages reçus au cours de cette enquête m'amène à penser que nous sommes face à une question générationnelle passionnante. Nos grands-parents, pour la plupart, ne parlaient pas. Nos parents peut-être un peu plus, mais en cultivant toujours, d'une certaine manière, ce silence dont ils ont hérité. J'appartiens à une génération qui souhaite libérer cette parole, mettre à jour les traumatismes, et cela me rend fière.

On m'a beaucoup demandé, au long de l'écriture de ce livre, si ce n'était pas trop « dur » de travailler sur un tel sujet et de recevoir autant de témoignages lourds. Spontanément, je répondais « non », et je trouvais ça assez étonnant de ma part de ne pas être plus affectée, étant d'une nature hypersensible et très empathique. J'ai mis du temps à parvenir à expliquer pourquoi. Aujourd'hui, j'ai saisi. Toutes ces personnes qui ont accepté de se confier à moi avaient déjà entamé, par ce simple geste, un processus de guérison. Malgré la dureté de leurs secrets, je n'ai pas été démolie. Parce que je n'ai jamais fait face au désespoir, mais au contraire, à la résilience. Je n'ai jamais été abattue, plutôt admirative. Parler signifie que l'on est en mouvement, que l'on se maintient en vie, que l'on résiste. C'est le silence qui tue.

Ce qui m'a le plus effrayée, en revanche, et qui a failli m'empêcher de mener mon enquête à son terme, c'était de faire du mal à ma mère. Les jours qui ont suivi mon retour du sud, elle m'a confié avoir eu des difficultés à digérer tout ce qui s'était passé. Instantanément, j'ai eu envie de remonter le temps et de tout annuler. La simple idée d'avoir pu lui causer un trouble m'était insupportable. On m'a conseillé d'être patiente et de penser aux effets sur le long terme. Alors je me suis concentrée sur l'écriture du livre. Quelques semaines plus tard, elle m'annonçait avoir pris la décision de commencer des séances d'hypnose et d'EMDR pour poursuivre le travail entamé ensemble et se replonger dans cette époque lointaine. Difficile pour moi d'être plus émue ! J'ai vécu une aventure des plus insolites, celle d'avoir raconté son enfance à sa mère. Je crois que c'est aussi pour ça que j'ai fait ce chemin : pour lui permettre de se souvenir.

En écrivant cette conclusion, j'ai une sensation de soulagement et l'impression d'être arrivée au bout de ce périple. Pourtant, il me restait une montagne à gravir, et pas des moindres : celle de la relecture du texte par les membres de ma famille concernés. J'ai écrit ce livre en ne pensant pas une seule seconde à sa réception, autrement cela aurait été paralysant. J'ai profité de ma semaine de vacances pour leur envoyer la version la plus aboutie du texte, en ayant surligné les passages qui les impliquent. S'en sont suivis les deux jours les plus angoissants de ma courte vie. Au-delà de leur faire valider un texte, il s'agissait surtout, pour la plupart, de découvrir des sentiments et une version de ma vérité que je leur avais toujours cachée. La première à réagir est Tata Nana. Elle a lu le livre à haute voix aux côtés de ma petite cousine. Elles ont toutes les deux pleuré et m'ont remerciée. La deuxième à réagir, c'est ma mère. Et ce n'était pas sans une certaine appréhension. À la dernière lecture du texte, mon éditeur m'a dit « Ce livre, c'est un livre d'amour pour ta mère », et j'ai été moi-même surprise par sa formulation. Je n'avais pas mesuré en l'écrivant la place qu'elle occupait. Elle était sous le choc, et m'a demandé de lui laisser passer la nuit avant de réagir tant le texte l'avait remuée, « c'est un drôle de sentiment, je ne sais pas trop quoi en dire là, ça fait beaucoup. » Je lui ai alors dit que si j'avais eu le courage d'écrire ce livre, c'est parce qu'elle a forgé l'adulte que je suis et qu'elle m'a donné les armes pour détricoter mon enfance et notre famille. Et que j'ai vécu l'enfance la plus heureuse qui soit.

Le dernier à réagir, et c'est sûrement celui que je redoutais le plus, c'est mon père. Et il a eu la meilleure réaction possible. Il me faisait part des réflexions que le texte avaient suscitées chez lui et je lui proposais de modifier certains détails quand il m'a coupée pour me dire : « Ce n'est pas à l'autrice que je parle là. C'est à ma fille. Ton texte, tu n'as rien besoin de changer. » Les larmes ont coulé.

Malgré les traumatismes et les silences qui ne nous appartiennent pas et que nous portons tout de même, hérités de notre famille, il reste notre responsabilité, notre capacité à agir. Les silences de ceux qui nous ont précédés, s'ils nous influencent, ne nous définissent pas. C'est à nous d'écrire notre histoire. C'est la mienne que je vais commencer à écrire, maintenant que j'ai compris celle de mon entourage.

J'espère que vous arrivez à la fin de ce livre avec l'envie de parler. De la manière que vous voudrez. En écrivant, en chuchotant, en peignant, ou en chantant. C'est fou comme sortir du silence est un acte qui peut paraître simple vu de l'extérieur, mais qui demande tant de courage. Ce courage, il est humain. Il est en vous, en moi, en nous.

Et là maintenant, j'ai juste envie de crier.

REMERCIEMENTS

Je souhaite remercier chaleureusement toutes les personnes qui ont osé se confier à moi, qui ont réalisé un profond travail d'introspection, et qui, malgré les difficultés, la honte et la pudeur, sont parvenues à livrer leurs secrets de la manière la plus honnête et transparente possible.

Merci à tout mon entourage de m'avoir soutenue tout au long de l'écriture de ce livre, de m'avoir relue, et d'avoir été un merveilleux sas de décompression dans les périodes éprouvantes.

Merci à Juliette, Charlotte et Olivier pour leurs précieuses relectures.

Pour finir, un immense merci à ma famille, qui a fait preuve de patience, de bienveillance, et de calme pour se confronter aux douloureux silences qui nous habitaient depuis plusieurs générations.

TABLE

Couverture : Elisa Raffy
Logo Amours solitaires : Alice Gavin
Composition : IGS-CP
Impression : CPI Bussière en octobre 2021
Éditions Albin Michel
22, rue Huyghens, 75014 Paris
www.albin-michel.fr
ISBN : 978-2-226-46776-8
N° d'édition : 24658/01 – N° d'impression : 2059869
Dépôt légal : novembre 2021
Imprimé en France